운남감상

소수민족의
전시장,
중국 윈난성
기행

운남감상
雲南感想

| 김영숙 지음

지유문고

구름의 남쪽으로…

운남성(雲南省. 윈난성*yunnansheng*)

41일간 남미 5개국과 파타고니아로 배낭여행을 다녀왔다. 한 달 이상의 장기여행이 처음인 나는 그래서 낯설었고 그래서 너무나도 서툴렀다. 환승하기 위해 디트로이트 공항 대합실에 머물러 앉아 있는 동안 '도대체 앞으로 내가 여행이란 걸 계속할 수나 있을까?' 약간은 두려운 마음이 일으키는 의심은 끊임없이 나를 불안하게 만들었다. 사실 다음 달에 중국 운남성으로의 짧은 여행이 계획된 터라 더욱 생각이 깊어졌는지도 모르겠다.

문득 "이구아수폭포*Cataratas del lauazu* 악마의 목구멍*Garganta del diablo* 대단했지!" 찍어온 사진들을 보면서 나누는 이야기들이 어깨 너머에서 들려왔다. '그래 내가 낯설고 서툴렀던 것은 인간들과의 관계였어! 인간의 손길이 닿지 않아 장엄했던 대자연은 인간들이 주고받는 계산된 정情에 놀라고 극한 이기심에 숨이 막혀 지칠 대로 지친 나를 소생시키는 에너지를 매일같이 불어 넣어 줬잖아!' 순간 생각을 바꾸자 언제 그랬냐는 듯이 힘이 솟았다. 10시간 이상을 더 타야 했던 비행기도 힘들지 않았고 돌아와서도 시차 극

중국 전도

복이니 여독이니 하는 말이 무색할 정도로 씩씩한 모습으로 짐을 채 다 풀기도 전에 또 다른 가방을 꾸리고 있었다.

운남성은 중국 남서부에 위치하고 남쪽으로 북회귀선이 통과하고 있어 다양한 기후대를 형성하고 있다. 티베트자치구와 인접한 북쪽을 여행하다 보면 만년설과 조우할 수 있고, 미얀마·라오스·베트남과 인접해 있는 남쪽을 여행하다 보면 여행의 피로쯤은 싹 가시게 하는 형형색색의 먹음직스러운 열대과일들의 친절을 만날 수 있다. 무엇보다 가장 매력적인 것은 민족전시장이라 할 만큼 많은 종류의 소수민족이 삶의 똬리를 틀고 앉은 곳이라 다양한 문화를 경험할 수 있다는 점이다.

운남성을 여행한다는 것은 어느 작가의 말을 빌리자면 좋아하는

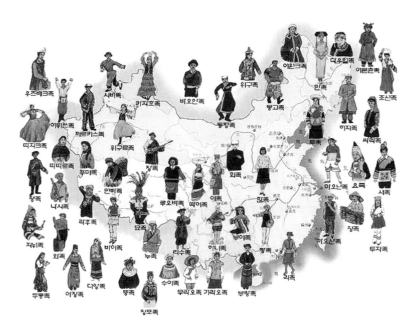

중국지도와 소수민족

채소나 과일을 듬뿍 넣고 걸맞은 드레싱을 끼얹은 샐러드를 꾹꾹
눌러 담은 커다란 볼을 가슴 가득 안고 행복해 하는 것과 같다. 특
히 별처럼 총총히 박힌 유채꽃으로 대지가 몸살을 앓고 다랑이논
을 채운 물빛이 들불처럼 타오르는 2월이 절정이다. 때를 놓쳐 안
타까웠던 작년 2월을 잊고 나는 구름의 남쪽으로 떠났다.

【운남성여행일정】은

곤명(昆明 · 쿤밍Kunming)을 거점도시로 하여

남으로 석림(石林 · 스린Shilin) → 나평(罗平 · 뤄핑Luoping) → 구북(丘
北 · 쵸베이Qiubei) → 원양(元阳 · 위안양Yuanyang)

북으로 대리(大理 · 따리Dali) → 호도협(虎跳峡 · Kutao Gorge) → 여강
(麗江 · 리장Lijiang) 순으로 진행되었다.

짧게는 1시간 남짓, 길게는 8시간을 이동하는 힘든 여정이었지만 원시의 대자연이 펼치는 거친 생명력에 압도되어 탄성을 지르느라 주위의 모든 것을 까맣게 잊기도 했고, 다채로운 각 소수민족의 전통문화를 접하면서 하나도 놓치고 싶지 않아 기록하고 기억하려 했다. 하지만 내가 나를 믿지 못하는 나이가 되고 보니 그렇게나 소중하게 간직하고 싶었던 순간의 느낌과 생각들이 내 일상의 시간들에 묻혀 잊혀져 가고 있었다. 그래서 기록과 기억을 더듬어 일정을 따라 정리하다 보니 한 권의 책이 되었다.

온라인 오프라인을 가리지 않고 여행 정보는 우리를 향해 쓰나미처럼 밀려온다. 정보를 제공하는 자들은 모두 하나같이 말한다. 영원히 기억하고 싶은 반짝이는 여행의 순간들이 빛바래 가는 것이 안타깝고, 낯선 곳으로 길을 떠나는 이들이 나와 같은 수고를 하지 않았으면 하는 마음으로 머리와 가슴속에 쟁여 놓았던 기억과 그리움들을 끄집어내어 먼지를 털고 손질해서 부끄럽게 내놓았다고. 나도 꼭 그런 마음으로 이 책을 내놓는다.

도대체 비행기
탑승이
몇 번이야!

상하이 홍차오국제공항
(上海虹橋國際空港, *Shanghai Hongqiao International Airport*)

중국의 서남쪽 끝 운남을 향한 10여 일 간의 여행 짐이 꾸려졌다. 여행 기간에 입어야 할 옷가지들과 생활용품들, 카메라, 아이패드…. 그러나 이 모든 것을 능가하는 그 무엇인가가 캐리어 밑바닥에 고이 모셔져 있다. 힘든 여행의 순간들도 이놈들을 생각하면 힘이 불끈 솟을 것이다. 컵라면이지만 컵이 없는 12개의 컵라면이 – 부피를 줄이기 위해 컵은 버리고 라면과 스프를 일회용 비닐봉투에 넣고 묶어 넉넉하게 준비한다. 여행 초반에 처음 만난 이들을 배려해 하나씩 건네다 보면 정작 내가 필요할 때 나는 빈손이어서 가슴 치며 후회하기 때문에 – 편안하게 누워 있다. 전용컵과 함께. 이번 여행에서도 역시 나를 가장 기쁘게 할 것이다.

새벽잠을 설치며 도착한 부산 김해공항은 아직 이른 새벽이라 그런지 한산했다. 싱포공항까시 늚 날아가야 한다. 두 번의 기내식을 먹고 영화 한 편을 다 보지 못했는데 어느새 착륙한다는 기내방송이 나왔다.

홍차오 공항을 빠져나와 곤명昆明행 (중국) 국내선 비행기로 환승해야 하는 우리 일행은 서둘러야 했다. 국내선 비행기를 타기 위해서는 2터미널로 이동해야 하는데 그 거리가 만만치 않다는 것이다. 수속을 마치고 나오니 사무실의 잡다한 일을 처리해야 하는 여직원쯤으로 보이는 아가씨가 이 과정을 도와주기 위해 우리를 기다리고 있었다. '도대체 가는 길이 얼마나 복잡하고 힘이 들면 이런 일이 있을까?' 하는 생각을 잠시 했는데 역시 필요했다. 어디로 향하는지 모를 길을 캐리어를 끌고 걸었고, 어두운 실내로 들어가서는 티켓을 사야 한다며 홀연히 사라져버리는 그녀의 뒷모습을 멍하니 바라봐야 했다. 진행자를 향한 원망의 마음이 담긴 웅성거림이 있었지만 그래도 상황을 모르니 다들 인내하고 있는 듯 보였다. 진행의 미숙함은 여행 내내 나를 화나게 했지만 내가 선택한 여행 방법이니 적절한 선에서 타협하는 법을 스스로 터득할 수밖에 없었다.

나중에 알게 된 사실이었지만 2터미널로 이동하는 가장 편한 방법은 무료 셔틀버스를 이용하는 것이었다. 그런데 왜 우리는 그 복잡한 과정을 거쳐 지하철을 타야 했는지 지금도 모를 일이다.

도착하니 시간이 빠듯했다. 서둘러 환승수속을 밟으면서 그 틈에 화장실도 다녀오고 빠뜨릴 수 없는 사진 촬영 등 뭔지 모를 부산함에 정신이 없는 듯 했는데 일행 중 한 분을 놓쳤다는 말이 들려왔다. 사실 2터미널은 과장을 좀 하자면 국내선 공항이라고는 상상할 수 없을 정도로 넓었다. 진행자가 남아 찾기로 하고 나머지 일행은 탑승구를 향해 뛰고 또 뛰었다. 하지만 결국 출발 시간을 30분이나 지체시킨 원흉이 된 우리는 벌겋게 달아오른 얼굴을 어디다 둬야 할지도 모른 채 기내 통로를 지나 각자의 자리로 흩어졌다. 약간의 시간차는 있었지만 전원탑승이었다. 만일 내가 앉아서 기다리던 승객이었다면 "저 사람들 도대체 뭐야!" 하면서 한쪽 눈을 치켜떴겠지? 역지사지! 늘 느끼는 것이지만 삶의 현장 곳곳은 배움을 주는 교실이다.

여기서 놓치고 싶지 않은 에피소드 하나! 사실 최초 출발지인 김포공항에서도 일행 중 한 분이 김포공항이 모임 장소인데 인천공항으로 가셔서 기다리느라 뒤늦은 수속을 하면서 우왕좌왕했다. 그런데 인천공항으로 가신 분, 집이 김포였단다. 이런 일이 발생하면 여행의 시작이 한없이 짜증스러울 수 있는데 또 이런 황당함이 있으니 웃지 않을 수 없다. 이래서 여행이 좋다. 변수의 미학이라고나 할까?

3시간 30분 정도 가야 한다니 여유가 생겼다. 겉옷도 신발도 벗고 아끼는 아이패드도 꺼내놓고 순간 포착을 위한 카메라도 고이 내놓아 살림살이를 정리하고 의자 등받이에 머리를 살포시 얹어 숨을 돌렸다. 선잠에서 깨어 정신을 가다듬으려는데 곤명 – 이번 여행의 거점도시 – 에 도착했다는 방송이 나왔다. 어수선했던 기억들을 뒤로하고 수속을 위해 나오는 길에 공항의 상징물이 눈에 들어와 카메라에 담고 공항을 빠져나오니 해질녘 노을이 짙게 깔려 넋을 잃게 만들었다.

넋을 잃게 만든 곤명 공항의 저녁노을

　여러 가지 이유 때문에 여행동호회상품을 선택했다. 그러나 현지에 가면 게스트하우스를 하면서 전문적인 가이드를 하시는 분들도 많다. 다양하고 직접적인 경험을 하고 싶다면 참고하는 것도 괜찮을 듯하다. 그리고 우리나라에서 곤명까지 직항을 이용하면 편리하게 갈 수 있다. 그런데 나는 무려 비행기를 3번이나 타고 멀리 돌아 구름의 남쪽으로 갔다. 왜 3번? 우리 집은 부산^^.

망고스틴과
컵라면

일정의 마무리는 밥이다. 주린 배를 채우지 않고는 모두들 편안한 밤을 맞을 수 없다. 마지막 남은 힘을 짜내어 들어선 식당에는 수분이 날아가 겉면이 말라가는 채소와 버섯볶음, 두부탕, 흰 쌀밥이 한 상 가득 차려져 있었다. 그리고 아직은 낯선 인연들이 말없이 둘러앉아 있었다. 중국음식에 큰 기대가 없는 나는 채소와 흰 쌀밥으로 적당히 배를 채우고 일어섰다.

배정 받은 숙소의 방문을 열고 들어서니 현지 여행사에서 마련한 과일이 감사카드와 함께 놓여 있었다. "각 방에 과일을 마련했습니다. 맛있게 드십시오." 현지 가이드가 수줍게 이야기하던 모습이 떠올랐다. 한 폭의 정물화같이 자리한 과일 중에 망고스틴이 눈에 들어왔다. 두껍고 단단한 껍질 속에 눈처럼 흰 과육이 반전인 열대과일로 불본 맛도 있다.

문득 눈에 들어온 이유를 생각해 보니 우리나라 가을의 시골 마을 어디에서나 볼 수 있는 감 같기도 하고, 껍질을 벗기면 드러나는 흰 속살은 잘생긴 육쪽마늘 같기도 해 정이 가 반가웠나 보다.

떠나온 시간이 오래지 않아 그리움이 밀려와 그랬을 것이다.

게다가 한 뼘이 될락 말락 한 거리에 자리한 탁자 위에 놓인 판매용 중국컵라면을 보고-소고기맛 라면이었는데- 캐리어 밑에 점잖게 있던 우리의 김치맛 라면 녀석들이 일제히 "흥, 치, 쳇, 피!" 하는 것 같아 실소失笑를 금치 못했다. 이래저래 두고 온 것에 대한 그리움이 커진 여행의 첫 밤, 다음날 일정을 위해 짐을 정리한 후 뜨거운 물로 몸도 풀고 오지의 서글픈 숙소가 아님에 감사하며 정갈하게 단장하고 연인을 기다리는 여인네 같은 이불 속의 유혹을 당해내지 못하고 그 품에 안겼다.

다음날 아침 눈을 뜨자마자 커튼을 젖혀 한산한 새벽거리를 보니 문득 외로움이 밀려왔다. 여행을 다니면서 나는, 한 움큼 손에 쥔 모래알이 손가락 사이로 맥없이 흘러내리듯 공허해지는 해질녘 저녁 풍경이나 이른 아침 찬 공기에 싸인 움직임이 없는 한적한 거리의 풍경을 마주하면 어김없이 무너진다. 물론 단시간에 회복하는 기술을 터득해 심각하지는 않고 떠돌이 방랑자라도 된 것처럼 더러는 약간씩 즐기기도 한다.

2억 7천만 년 전
바다 그 속을
헤매다

석림(石林, 스린ShiLin)

석림을 시작으로 나평까지 이동할 만만치 않을 오늘 일정에 다들 어제의 기억이 있어서인지 서둘렀다. 전용버스로 이동할 것이고 현지에서 우리 일행을 책임질 가이드도 준비되어 있어 큰 걱정은 없을 것 같다. 무거운 배낭을 메고 대중교통을 이용해야 하는 고된 여행이 아니어서 날씨에 대비한 옷차림에 신경 쓰고 먼 거리 이동에 필수인 간식거리를 준비하는 것으로 내가 할 일은 끝이다.

하루의 시작은 아침인사! 현지 가이드로부터 간단한 인사말을 배우고 곧바로 메모한다. 메모하지 않으면 새하얀 백지가 되어버리는 내 머릿속, 요즈음은 메모한 것을 어디다 두었는지도 생각나지 않을 때가 있으니 어떻게 해야 하나… 혼자 생각에 심각해지다 귀에 쏙 들어오는 이야기가 있어 수첩을 꺼내들었다.

"곤명고속도로를 삼색三色도로라고 부르는데 이유가 뭔지 아십니까?" 이 일이 처음인지 부끄럼이 많은 가이드는 찬찬히 설명을 시작했다. 이유인즉슨 이 길을 통해 세 가지 색깔의 물건이 들어오기 때문이란다. 청색은 중국인이라면 누구나 좋아하는 비취(玉)

이고, 흰색은 마약이며, 흑색은 총이란다. '우와! 대단한 곳에 내가 와 있나 보다.' 마약은 운남성이 태국 북부·미얀마·라오스(일명 *golden triangle*)와 인접해 있는 지리적 위치 때문에 사고파는 일이 손쉬워 많이 들어오고, 마약이 오는 곳이면 총은 당연히 따르는 것이라 비례해서 들어오며, 비취야 수요가 워낙 많으니 말할 것도 없고, 스쳐 지나가는 거리의 풍경 속에서는 도저히 묻어 나오지 않는 어두운 모습이 어딘가에 있을 것이라 생각하면서 눈에 보이는 것만 믿고 살아가는 삶의 한계를 절실하게 느꼈다.

석림을 소개하는 입간판들이 거리 곳곳에서 보인다. 석림은 곤명을 대표하는 관광지였는데 유네스코지정 세계자연유산이 되면서 더욱이 반드시 찾는 곳이 되었다고 한다.

석림은 날카로운 바위가 숲을 이루고 있는 카르스트지형으로 형성된 곳으로, 2억 7천만 년 전에는 바다였다. 지각 변동으로 바다가 융기되자 석회암들이 드러났고 그 후 오랜 시간 풍화와 침식 작용으로 현재의 모습이 되었다.

누군가의 말에 따르면 지구의 생명체는 바다에서 진화했다고 한다. 지상에 동물이 전혀 없었을 때 바다 속에는 생명체들이 넘쳐나고 있었단다. 커다란 바위를 터전 삼아 평온하게 살던 뭇 생명에게 닥친 알 수 없는 지각의 변동은 그들의 터전을 와해시키고 그들로 하여금 생존을 위한 대전환을 강요하였다고 한다. 물이

석림을 소개하는 입간판

빠져나간 곳에서는 지느러미와 아가미가 소용없는 것이 되어버리자 공포에 휩싸인 생명체들은 지느러미를 다리로, 아가미를 폐로 진화하는 고통을 겪으면서 새로운 환경의 주인이 되었다고 한다. 그들과 함께 했던 바위들이 과연 어떤 이야기들을 풀어낼지 한없이 궁금해진다.

크다. 입장객을 맞는 게이트가 족히 20개는 될 듯하고 전동차가 왔다 갔다 한다. 전체 부지의 1/5만을 일반인에게 공개하는데도 전동차를 타고 돌아야 한다면 도대체 전체 넓이는 어느 정도란 말인가! 전동차를 타고 돌아다니면서 발견한 *SOS*공중전화박스, '길을 잃으면 걸라는 건가?' 재미있어 카메라에 담았다.

워낙 넓다보니 관람구역을 크고 높은 바위들이 웅장한 자태를 뽐내는 대석림구역, 푸른 숲과 함께 조성하여 아기자기한 맛이 있는 소석림구역, 그리고 두 곳과는 거리가 있어 찾는 사람이 많지 않지만 볼거리들이 다양한 내고석림구역의 세 부분으로 나누어 놓았다고 한다. 모든 사람이 대석림구역으로 향할 때 나는 소석림구역으로 향했다. 그래서 석림을 방문한 모든 사람이 인증 샷을 남기는 곳에서의 사진이 없다. 청개구리!

예쁘다. 바위가 연꽃을 이고 있고 산을 이고 있다. 코끼리를 닮은 모양, 망부석望夫石이 된 여인의 모양 등 제각각의 모양에 이야기가 담겨 있으니 지루

할 틈이 없다. 큰 소리로 장황하게 지난 이야기를 전하는 것이 아니라 살과 뼈를 깎는 아픔이 있었다고 정겹게 다가와 속삭인다. 인간들로 북적이지 않아서인지 고운 자태를 잘 간직하고 있어 참 좋았다. 맘에 꼭 드는 선물을 받은 느낌이었다. 마냥 행복한 마음으로 한적한 길을 걷고 있는데 둘러멘 가방에서 김장훈과 알리가 '봄비'를, 내 감성 코드가 어디인지 속속들이 알고 있는 듯한 윤미래가 'Touch love'를 불러준다. 하늘은 파랗고 구름은 솜사탕이다. 이 순간을 살고 싶다!

유채화해

나평(罗平, 뤄핑Luoping)

이게 뭐야! 오리머리까지… 요리한 오리가 상床에 올랐는데 머리까지 함께 놓여 있었다. 튀긴 오리머리, 얼핏 보니 눈까지 선명하게 보인다. 여행의 순간순간을 놓치지 않고 카메라에 담으려 극성을 부리는 나이지만 그걸 찍겠다고 손에 카메라를 쥐고 일어설 수가 없었다. 맛있게 먹었던 전이랑 채소가 속에서 전쟁을 벌이는 힘든 식사시간이었다.

생각을 다스리고 속을 다스리며 한참을 달리다 보니 유채꽃이 환상적으로 펼쳐졌다.(油菜花海) 이제 시작인가 보다. 광고간판도 유채꽃을 담고 있는 나평 시내풍경이 재미있었다. 잠시 차가 멈추는가 싶더니 전통복장을 차려 입은 여자가 올라타 나평지역을 안내해 줄 이족彝族 가이드라고 하면서 자신을 소개했다. 강단이 있어 보이는 것이 일도 사랑도 남자를 리드lead한다는 운남성의 소수민족 여인같다. 나평의 거리나 유채꽃밭 장터에서 만난 여인들은 노소를 가릴 것 없이 모두 생활력이 강해 보였다.

거리에 앉아 자수수공예품을 팔고 있는 할머니들이 쓰고 있는

모자가 신기하다. 삼각뿔이 있는 것도 있고 없는 것도 있다. 궁금해 하는 사람들을 위해 나 착함 가이드가 성실하게 답해 준다. 여성의 결혼 여부를 알려 주는 표식이라고. 페루 티티카카 호수의 타킬레섬에서는 여성이 입고 있는 치마의 색깔로, 티베트에서는 앞치마의 착용 여부를 보고 구분하고 있었는데, '이러한 사회적 표식이 여성의 삶에 어떠한 영향을 미치는 걸까?' 잠시 생각에 잠겨본다. 유부녀로서 받아야 할 사회적 보호 장치로써는 훌륭한 역할을 하겠지만 'Be free'를 외치는 자유부인들에게는 하나의 굴레로 작용하지 않을까? 그렇지 않다고 한다. 남자가 없어지면 모자의 삼각뿔을 떼어내고 또 다른 사랑을 자유롭게 선택하면 된단다. 와우! 가장 단순한, 그렇지만 너무나도 지혜로운 사랑 대처법이다.

상대적으로 여성의 자율성이 높은 운남성의 소수민족은 대략 13~14세가 되면 성인이 된다. 성인이 되면 여자와 남자는 마을 공터에 모여 시로 어울려 노래를 부르고 춤추며 놀면서 마음에 드는 상대를 고르는 짝짓기 놀이를 한다.

여자가 마음에 드는 남자를 만나면 손바닥 안쪽을

가볍게 세 번 긁어 구애를 하는데 선택을 받은 상대의 남자도 여자가 마음에 들면 한밤이 될 때를 기다렸다가 고깃덩어리와 칼, 그리고 모자를 들고 여자의 집으로 간다.

고깃덩어리는 낯선 사람을 경계하여 짖어대는 개에게 던져주고, 칼로는 여자가 문고리에 매어 놓은 빨간 끈을 자르고, '이미 내가 와 있으니 다른 남자는 접근금지'라는 의미로 모자를 문에 걸어 두고 들어가 사랑을 나눈다.

만약 여자의 구애에 응대하고 싶지 않다면 새끼손가락으로 등을 가볍게 세 번 긁어주면 된다. 서로의 사랑이 어긋났다고 실망하지 않고 또 다른 상대를 탐색하면서 춤추고 노래를 부르면서 밤을 보낸다.

사랑에 성공한 남자는 밤에는 여자 집에서 자고, 낮에는 어머니 집에서 산다. 남자는 자식과 여자에 대한 책임이 전혀 없고 대신 여자의 오빠나 남동생이 아이들의 아버지 역할을 하는데 이는 전형적인 모계 원시농경사회의 모습이다.

여자가 더 이상의 관계를 원하지 않을 때는 남자가 와도 문을 열어 주지 않으면 된다. 세 번 정도 문이 열리지 않으면 남자는 여자의 집을 드나들 수 없다. 사회적 구속력을 갖는 결혼은 평생 하지

파란 하늘을 날고 있는 연 그리고 눈이 시리도록 아름다운 노란 유채꽃밭

않으며 마음이 맞으면 살고 또 그렇지 않으면 조건 없이 헤어진다. 여자가 아무리 많은 남자들과 관계를 가져도 바람둥이라 기피하지 않는다. 그것은 여자의 능력이다.

연구에 따르면 종족을 유지하고 번식시키는 데 가장 유리한 진화의 경험은 암컷이 여러 수컷을 상대하는 것이었다고 한다. 비슷한 유전자를 지닌 새끼들을 낳는 것보다 서로 다른 다양한 유전자를 가진 새끼들을 확보하는 것이 예측할 수 없는 불안한 환경에서 암컷이 취할 수 있는 가장 안전한 전략이었던 셈이다. 일찍이 다윈은 "性의 선택권은 궁극적으로 여자에게 있기 때문에 남자는 자연히 여자의 선택을 받기 위해 행동한다."라고 했다. 그래서 "여성의 시대에는 남자도 화장을 해야 한다."고 사회생물학자 최재천 선생님은 덧붙였다.

파란 하늘을 날고 있는 연, 눈이 시리도록 아름다운 노란 유채꽃들이 바다를 이루고 있는 그 속에 보석처럼 박혀 있는 산봉우리들, 자연과 인간이 만든 걸작이다. 일 년에 단 한 번 봄철에만 볼 수 있는 장관이라는데, 특히 나평지역은 습도가 높고 안개 낀 날들이 많아서 꽃을 볼 수 있는 날이 길어 관광객이 많이 모여든다고 한다.

노랑! 마법의 물감이 풀린 그곳에 정신없이 뛰어들어 카메라의 셔터를 눌러대니 웬 아저씨께서 오시더니 종이판에다 얄궂게 적어 놓은 '進地每人2元'을 손가락으로 가리키신다. 꽃밭에 들어가 사진을 찍으려면 2위안을 내야 한다는 말인가 보다. "큰돈밖에 없어요." 약간은 볼멘소리로 하는 한국말을 알아들을 리가 없는 아저씨께서 우리가 하는 행동만으로 짐작하셨는지 그냥 멋쩍게 웃으시더니 슬그머니 뒤돌아서셨다. '사람들이 하도 밟아 망가뜨려서 화를 내니 주위에서 돈이라도 받으라고 해서지… 내가 좋아서 이럴까! 나 원 참!'

아저씨의 마음속 말이 귀에 들리는 듯했다. 아직은, 그래 아직은 돈에 목숨 걸진 않으신다. 귀한 자산이니 모두 아끼고 보호해야지! '아저씨 조심할게요. 죄송해요!' 나만큼이나 정신없는 녀석(누렁이)과 화관을 팔기 위해 유채꽃 밭에 뛰어든 저 해맑은 미소까지 더해졌으니 오래도록 마법의 물감은 지워지지 않을 것이다.

길 위의 일들은 예측할 수 없다. 시간 조절에 실패했는지 일정의 순서에 변경이 있을 것 같다는 이야기가 조심스럽게 나왔다. 여행 중 이런 일은 다반사 크게 신경 쓸 필요는 없다. 다만 낯선 음식들과 잠자리가 남은 시간들마저 행복하게 해주길 바랄 뿐이다. 하지만 기대했다 실망하는 것이 또한 여행사! 부실했던 저녁식사와 갈수록 서글퍼지는 숙소-왜? 우리는 오지로 가는 중-에 힘이 빠진다. 비장의 무기가 등장할 때가 왔다. 어떠한 상황에서도 나에게 힘을 주는 녀석들이 드디어 제 모습을 드러내고 있었다. 코리아라면 만찬이다. 행복에 겨워하는 내 모습을 카메라에 담지 못해 아쉬웠지만 그 밤 나는 올레ole!였다.

야속해,
널 보러 왔는데…
고마워, 보여줘서!

나평(罗平, 뤄핑Luoping)
구룡폭포(지우롱푸푸)

어제 시간을 맞추지 못해 취소되었던 구룡폭포가 오늘의 첫 일정
인데 안개가 많은 도시여서 그런지 아침부터 날씨가 심상치 않았
다. 아홉 구비를 돌아 흐른다는 폭포의 옥색 물빛을 보지 못할까
조바심이 났다.

구룡폭포군九龍瀑布群 9계단을 거쳐 흘러내리는 폭포의 모습이
용을 닮았다 하여 붙여진 이름이라 하는데 9계단이나 되니 무리
(群)라 한 것 같다. 폭포를 보기 위한 전망대에 오르기 위해서는 케
이블카를 타야 한다. 차례를 기다리며 줄을 선 채 안개가 걷히기를
간절히 바라지만 쉽지는 않겠다.

'날 만만하게 보지 말라'는 듯 도도하게 모습을 드러내지 않더니
전망대 난간에 기댄 채 카메라를 들고 멋진 모습을 담고 싶은 사
람들의 '간절함'이 전해졌는지 조금씩 아주 조금씩 안개의 장막을
걷더니 '오늘은 여기까지만 봐!'라는 듯이 사진만큼 보여줬다.

지난 달 아르헨티나에서 이구아수폭포 악마의 목구멍을 보고 받
았던 충격이 채 가시지 않아 웬만한 폭포를 봐도 감흥이 없을 줄

안개가 내려앉은 구룡폭포

알았다. 그렇긴 했다. 하지만 고졸한 모습으로 우아하게 흘러내리
는 옥빛 낯을 가진 구룡폭포는 비교할 수 없는 아름다움이었다.

　길을 따라 폭포 아래로 내려오면 나룻배를 타고 폭포를 한 바
퀴 돌 수도 있어 궁금한 것이 많은 사람들은 어김없이 줄을 서 있었
다. 하지만 나는 빗방울이 떨어진 미끄러운 길이 조심스러워 곧장 약
속 장소로 이동했는데 다 내려오니 야속하게도 빗방울이 잦아들었
다. 아직 일행이 다 모이지는 않아 징검돌다리 위에서 사진 찍기 놀이
에 푹 빠졌다. 한쪽 발을 들고 나름 귀엽게 찍고 싶어 나이에 어울리
지 않는 짓을 했는데 욕심이었는지 세 컷만에 완성된 사진을 보고 있
자니 한심한 웃음만 나왔다.

대나무밭길을 따라 내려오니 난전들이 즐비했다. 장사하고 계신 할머니 옆에서 장난치고 있는 두 녀석의 모습을 카메라에 담고 싶어 양해를 구하고 사진을 찍었다. 녀석들이 어찌나 장난을 치는지 제대로 된 한 컷을 만드는 데 진땀을 흘렸다. 잊지 못할 해맑은 웃음이다.

오색 쌀로 밥 지어
그리운 이를
그리워하다

부이족布依族

점심을 먹기 위해 부이족 마을로 향했다. 깨끗하고 한적한데다 건물 틈 사이로 안개 속 유채꽃밭이 보이는 것이 어쩐지 점심이 기대되는 분위기였다. 게다가 옥수수를 매달아 놓은 솜씨가 보통이 아닌 걸 보고 손맛도 좋지 않을까 했는데 옥수수를 튀긴 반찬이랑 채소볶음이 먹을 만해 숟가락질이 잦았다.

"와! 이렇게 고운 것이 뭔가요?"라는 물음에 물어 올 줄 알았다는 듯이 유채꽃밭 장에서 팔던 오색 쌀로 찐 밥이라고 나 착함 가이드가 자리를 잡으며 설명했다. 찹쌀이 섞여 쫄깃하고 맛있었다. 신기한 것이라 부처님 전에 공양도 올리고 친구들에게 맛도 보여주고 싶어 두 통을 구입했다.

전해 오는 내력 또한 색깔만큼 고왔다. 옛날 유난히 우애가 깊었던 형제들이 결혼을 해 여기저기로 삶의 터전을 따라 헤어져 살게 되었는데 세월이 지날수록 그리움이 커지자 쌀알 하나하나에 고운 색을 입혀 밥을 해먹으면서 그 마음을 달랬다고 한다. 유난히 색이 고운 쌀은 인공색소를 첨가한 것이라 사지 않는 것이 좋으며

빛깔도 그 의미도 곱디고운 오색 쌀로 지은 밥

식당에서 나온 밥은 식물이나 꽃에서 색을 채취해 물들인 것이라 아무 걱정 없이 먹어도 된다고 한다. 돈을 향한 인간의 욕망은 도대체 겁이라고는 없는 마음이다.

스치는 풍경들…

구북(丘北, 쵸베이Qiubei)

나를 몽환 속으로 빠뜨렸던 안개 낀 유채꽃밭을 뒤로 하고 제2의 계림桂林이라 불린다는 구북의 푸저헤이(普者黑)로 향했다. 5시간 정도 소요된다고 한다. 몇 년 전 중국 호남성(湖南省, 후난성) 장가계(張家界, 장자제)로 여행 갔을 때 죽기 전에 꼭 가봐야 할 곳으로 호남성의 계림을 손꼽는 사람이 있었다. '계림산수갑천하桂林山水甲天下', 계림의 산수가 천하제일이라 죽기 전에 꼭 보아야 한다는 것이다. 말을 듣는 순간 반드시 가봐야 할 곳이 되었다. 그런데 오늘 갈 곳이 제2의 계림이라니 기대가 컸다.

스치는 차창 밖 풍경에 빠져 한참을 달리고 있는데 시장을 구경하고 싶다는 말들이 튀어나왔다. 대중이 원하면 차는 멈추게 되어 있다. 먹음직스러운 과일들이 잔뜩 쌓여 있는 것이 나가지 않고는 배길 수 없어 벗었던 신발이랑 옷가지들을 주섬주섬 챙겨서 내렸다.

오렌지도 맛있어 보이고 살구(?)같은 것도 보이고 대추도 실하고 크다. 맛을 보라고 건네는 손길이 정겹다. 여행의 별미는 역시

시장의 과일들과
시장의 여인들

현지의 시장을 방문하는 것이다. 재미있는 것은 물론, 색다른 상품들을 보고 만지면서 흥정해서 사는 것이지만 상인들의 모습도 꽤나 흥미가 있다. 많은 나라들에서 시장의 주인은 역시 여자들이다. 약간은 거칠고 억세지만 그래서 생활력이 강해 보이는 여자들이 더 많이 보인다. 그런데 이슬람 국가를 여행하다 보면 물건을 파는 사람이나 물건을 사러 나온 사람 대부분이 남자들이다. 많은 사람들이 꽤나 신기한 듯 바라보지만 사실 우리나라에서도 여자들의 출입에 제한이 있을 때 시장보기는 남자들의 몫이었다.

많지는 않지만, 내가 여행했던 곳 중에서 가장 기억에 남는 시장은 인도 북부 라다크의 스리나가르 아침 수상시장이다. 하얀 옷을 입은 남자들이 배에다 갖가지 상품을 싣고 서로 충돌하지 않게 운전을 하면서 능숙하게 물건을 파는 모습은 정말 인상적이었다. 꽃을 파는 배도 있었다는 것이 그 아침 시장을 더욱 돋보이게 했다. 아버지를 따라 나선 견습 꼬마 상인의 커다란 눈망울도 나의 기억 저편에 자리하고 있다.

해질녘 푸저헤이

　저 멀리 푸저헤이가 보이기 시작했다. 날이 저물어 호수에서의 배타기와 동굴탐방은 내일로 미루어진다는 나 착함 가이드의 설명은 내 귓전에 오래 머물지 못했다. 눈앞의 비경을 놓치지 않으려 정신없이 눌러대는 카메라 셔터소리만 맴돌뿐이었다.

　숙소에 짐을 풀고 저녁을 먹으러 가는 길에 호수의 밤풍경을 즐겼다. 약간의 그리움과 외로움이 뒤섞인 여행자의 마음을 안고 식당으로 들어서니 호수 빛을 눈에 담은 아기천사가 날 빤히 쳐다봤다. 이 순간 저 눈빛에 내가 어떻게 비칠까, 재빠르게 나를 점검했다. 아직은 선하고 아름다운 것만 담아야 할 눈이니까. 내 눈에만 남기기 아쉬워 카메라를 보이면서 미안함과 간절함이 뒤섞인 눈빛으로 찍고 싶다고 하니 선한 얼굴의 엄마는 흔쾌히 허락했다. 오늘 밤은 저 눈빛 때문에 행복한 마음을 안고 잘 수 있겠다.

티끌 한 점 없는 맑은 눈망울을 보는 순간 내 온몸이 녹아내리는 것 같았다.

푸저헤이 호수의
뭇 중생을 지키는
관세음보살님

구북(丘北, 쵸베이Qiubei)
푸저헤이(普者黑, Puzhehci)

호수에서의 배타기가 오늘 일정의 시작이다. '푸저헤이'란 이름을 처음 들었을 때 묘한 울림이 있었던 터라 입속에서 되뇌다 그 의미를 물어보았더니 이족어彝族語로 '물고기와 새우가 많은 곳'이라고 한다.

겁 많은 여인네인지라 배에 오르니 다리에 힘이 풀려 어정쩡한 자세로 불안하게 자리를 잡고 앉았다. 문득 엊저녁 어두워 자세히 보지 못했던 관음각이 눈에 들어와 무겁게 들고 온-보람을 톡톡히 느낌- 망원 렌즈를 꺼내 갈아 끼우고 자세를 잡았다. 온갖 응석을 부려도 가리지 않고 다 받아 줄 것 같은 넓은 품이 열린 문틈으로 보였다. 늘 그 자리에 한결같은 모습으로 계실 테니 호수를 삶의 터전으로 삼아 살아가는 뭇 중생의 안위는 걱정 없을 것 같다. 더불어 나의 남은 여행길 안전도 보장 받은 셈이다.

조를 나누어 배에 태운 이유가 있었다. 행여 호수 뱃놀이가 심심할까 걱정이었는지 노 젓는 방법을 가르친 후 속도 경쟁을 붙인다든지 장기자랑 배틀을 시킨다든지 했다. 이런 것들을 질색하는 나

데칼코마니화 같은 호수의 풍경

는 무척 당황스러웠다. 노 젓기의 배움이 영 어설퍼 보였던지 나는
사진기사로 임명되어 뱃머리에 앉혀졌다. 주위의 크나큰 배려 덕
분에 데칼코마니화를 보는 듯한 호수를 맘껏 카메라에 담을 수 있
었다.

"물도 좋고 산도 좋은 나는 어디에서 살아야 할까요?" 어리석기
짝이 없는 질문에 삶의 지혜가 묻어나는 대답이 온다. "물이 보이는
산에 살아!" 한 5년쯤 후에 기적이 일어나길 순간 간절히 원했다.

스치는 여행자의 눈에 담기조차 벅찬 풍경의 호수 아래에 있는
많은 물고기와 새우가 이웃해 살아가는 인간들을 위해 육신보시
를 했나 보다. 여행객의 배가 보이자 쏜살같이 달려온 배에는 호수

곧게 뻗지 않고 어딘가로 향해 꺾여 가려는 저 나뭇가지의 외로움이
문득 눈에 들어와 카메라에 담았다.

에서 건져 올린 수생보살들이 팔려 나가길 기다리고 있었다. 다들
관심을 가지고 들여다보자 그 아침, 집안의 가장인 여자는 힘이 솟
는지 거친 손을 바쁘게 움직였다. 새우를 좋아하는 나는 작은 새우
꼬치구이에 눈이 가 사서 먹어보니 짭조름한 호수의 맛이 묻어났
다. 호수의 물에 손을 담그면 부자가 된다는 소리에 내 손은 절로
호수물에 담궈지고 있었다. 아름다운 풍경에 현실감을 부여해주
니 돌아가 열심히 살아야겠다는 마음이 들었다. 여하튼 우리는 현
실로 돌아가야 하니까!

　푸저헤이 호수 여행의 절정은 7~8월로, 물고기와 새우가 뛰노
는 곳곳이 연꽃천지가 되어 그 모습을 보면 입을 다물 수가 없다
고 한다. 물론 지금은 눈을 씻고 찾아봐도 없지만. 그리고 소수민

나를 기로에 서게 했던 그곳   화빠동굴 입구

족의 다양한 축제들이 펼쳐지기도 한다는데 아쉽게도 지금은 그때가 아니니 다음을 기약해 봐야겠다. 대신 우리들은 호수 아래로 펼쳐진 장관을 보기 위해 동굴로 갔다. 카르스트지형에서 볼 수 있는 종유동굴을 보러 가는 것이었는데, 푸저헤이는 대표적인 카르스트지형이라고 한다.

크고 작은 동굴이 80여 개나 된다고 하는데, 우리는 그 중 화빠동굴(火把洞)을 보기로 했다. 왼쪽으로 가면 동굴 곳곳에 관세음보살을 모셔놓았다는 관음동굴(觀音洞)이 있다고 하는데, 사실 나는 이쪽이 더 끌렸으나 우리가 가야 할 곳은 화빠동굴이라 하니 두 화살표 사이의 나는 내가 아닌 우리를 선택해야 하는 얄궂은 기로岐路에 선 꼴이었다. 세상살이 공부를 여기서도 하는군!

동굴 입구에서 표를 사서 들어가면 천태만상의 종유석들이 자태를 뽐내고 있다고 한다. 잘 조성된 길을 따라 천천히 걸으면서 관람하고, 나올 때는 배를 탈 것이니 마지막 관람구역에서 기다려달라

영객송을 밝히고 있는 횃불같은 종유석!
묘한 조합이었다.

고 했다. '길을 잃는 사람도 있나?' 가이드의 목소리가 간절했다.

마치 횃불처럼 보이는 종유석 뒤로 보이는 초록빛의 종유석 영
객송(迎客松, Welcoming pine)이 우리를 반겼다. 조명을 설치하여
만든 신비로운 분위기가 나쁘지는 않았다. 여전히 자라고 있는 종
유석들이 만들어내는 기이하고 독특한 모양들은 감탄을 자아내기
에 충분했다.

한참을 걸어 들어가다 보니, 이게 뭐지? 광장이 나왔다. 발 빠른
사람들은 벌써 내려가 사진을 찍는 중이었다. 소리도 적당하게 울
리는 것이 마치 웅장한 느낌이 드는 무대를 보는 듯했다. 신비로
운 현상들이 끊이지 않으니 발걸음이 빨라졌다. 마지막 구역까지
관람한 사람들이 배를 타기 위해 하나둘씩 모여들었는데 보이지
않는 사람들이 있었다. 입구에서 가이드의 목소리가 간절했던 이

천태만상의 종유석들… 코끼리
코가 땅에 닿았다.

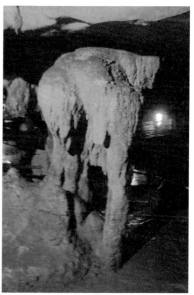

유가 바로 이런 일이 생길 것을 예
견한 것이었나 보다. "벌써 걸어 나
갔을 거야? 입구에서 기다리고 있을
테니 우리는 배를 타고 나갑시다."
그냥 나가자는 사람들의 목소리가
여기저기서 들려왔다. 며칠 지났다
고 여유가 생긴 것인지, 아니면 무심
해진 것인지 여행 첫날의 당황하고
걱정하는 모습들은 찾아볼 수가 없
었다. 배를 타고 나오면서 이런저런
생각에 빠져 있느라 몽환적인 동굴
모습을 놓치기 일쑤였다. 입구에 도

오페라 공연이 펼쳐져도 손색이 없을 동굴 광장

잔잔한 호수 위에서 배를 타면서 번뇌로 배 멀미를 했던 나!

착하니 없어졌던 사람들은 먼저 나와 유유자적이었다. 땅 위의 사
물들도 무슨 일이 있었냐는 듯 평화롭기 그지없었다. 괜스레 내 마
음에 번뇌만 쌓았던 동굴탐방이었다.

너 때문에 여기까지 왔고, 지금 널 보러가고 있어!

원양(元陽, 위안양Yuanyang)

"일 년 전부터 운남으로 여행을 계획했던 것은 모두 너를 만나기 위해서였어. 생각 없이 TV를 보다가 화면 가득 비치는 네 모습을 본 순간, 너무나도 작아 내 몸을 받아줄 수도 없는 나의 TV 그 화면으로 빨려 들어가는 줄 알았어. 끝없이 이어지는 부드러운 곡선들 그리고 일렁이는 물속에 천연덕스럽게 앉아 온몸으로 붉은빛을 받아내고 있는 너는 정말 아름다웠어. 그런데 시간이 지나면서 알 수 없는 아픔이 전해오는 거야. 그게 뭔지 알고 싶어서 그래서 꼭 너를 만나러 갈 거라 다짐했었어. 벌써 일 년 전 일이네. 지금 나 너를 만나러 가고 있어 조금만 기다려줘!"

방송을 보고 난 후 니에게 전해졌던 그 아픔의 마음이 무엇인지 궁금해서 열심히 자료들을 찾아봤다. 많은 자료들은 한결같이 그 감정이 우연이 아니라 필연이라는 사실을 말해주고 있었다.

중국 소수민족 중 하나인 하니족(哈尼族)의 1,300여 년 고난의 역사를 고스란히 담고 있는 중국 운남성 원양의 다랑이논. 칭하이

(淸海) 티베트에서 이주해 와 드넓은 평원에 터를 잡고 살아오던 선조들이 해발고도 2,000m가 넘는 고산지대로 숨어들기 시작한 것은 영토분쟁으로 야기되었던 이민족 간의 잦은 전쟁을 피해서였다고 한다.

거칠고 황폐하기만 한 비탈진 산골짜기 땅을 새 터전으로 삼은 이들은 본능적으로 땅속을 흐르는 물줄기를 찾아 자신들이 가지고 있는 가장 유용한 도구인 손을 이용하여 흙을 파고 그것을 어깨에 지어 날라 좁고 작은 논을 층층이 겹겹이 만들어 나갔다고 한다. 그래서 하니족은 이 논을 빠다—어깨에 지어다 만든 논—라 부른다고 한다. 17만 개의 계단식 논이 3,000여 단에 이른다고 하니 고단한 이들의 삶에 무슨 말이 더 필요하겠는가?

차창 밖으로 하니족 사람들의 땀과 눈물이 녹아든 땅들이 파노라마처럼 펼쳐졌다. 산굽이를 돌아 흐르는 물을 보니 문득 신화학자가 들려 준 하니족 탄생신화가 떠오른다. 금빛지느러미를 가진 물고기에서 여신이 태어나고 그 여신에 의해 하니족이 만들어졌다고 한다. 그래서 이들에게 물은 숭배의 대상이었고, 일찍부터 물을 숭배해 왔던 민족이어서인지 아무리 작은 마을에서도 각종 물고기 부조나 조각물들로 장식된 우물을 신성하게 보호하고 있다고 한다. 본능적으로 물줄기를 찾고 물을 활용할 수 있는 능력이 있었던 이들이기에 이런 거대한 창조물을 소리 없이 만들어 올 수 있었을 것이다.

다랑이논의 장관은 사진을 찍는 사람들에 의해 세상에 알려졌다고 한다. 그래서 카메라를 업으로 메고 다니는 사람들이라면 누구라도 오고 싶어 하는 곳이라 늘 붐빈다고 한다. 태양빛이 논에 갇힌 물을 붉게 물들이는 일출과 일몰은 특히 장관이라 사람과 카메라로 장사진을 이루어 좋은 자리 찾기가 하늘의 별따기라고 나 나 댐 가이드가-지역마다 가이드가 달라짐- 너스레를 떨었다. 내 생각에는 자리 걱정에 앞서 일몰 시간에 맞출 수나 있을지가 더 걱정이건만.

아슬아슬하게 도착했다. 차가 멈추자 뒤도 돌아보지 않고 뛰었다. '내가 일 년을 기다렸단 말이야! 놓치고 싶지 않다고!' 역시 틈이 보이지 않았다. 장비란 장비는 다 갖춘 중국인들을 비집고 내

카메라에 다 담을 수 없어 눈에 넣을 수밖에 없었던 장관

작은 몸을 세웠다. '말문이 막힌다'는 말은 바로 이런 때 쓰라고 만들었나 보다. 꼼짝할 수 없어 그저 보고만 있던 나는 쉬지 않고 눌러대는 카메라 셔터 소리에 정신을 차리고 비로소 내 손에 있던 카메라를 챙겨들었다.

"구름이 더 낮게 드리워야 붉은빛이 강할 텐데. 오늘 날씨가 너무 좋아 글렀어!" "실망이다. 이거 보려고 여기까지 왔다고!" 단순한 볼거리로만 기대하고 왔던 이들의 생각 없이 내뱉는 말에 화가 나기도 했지만 각자의 생각이 다른 것을 내가 뭐라 말하겠는가.

아무리 찍어도 붉은빛이 넘칠 듯 담겨 있는 모습을 카메라에 담을 수가 없었다. '이러면 어떻고 저러면 어떠랴. 어차피 이 모든 것을 다 담을 수 없을 터 눈에 담고 마음에 새기자, 이들의 삶을!' 이라는 심정으로 사진을 찍다가 고단한 삶이 고스란히 스며 있는 하나하나의 창조물을 그냥 멍하니 바라보면서 마음이 아팠다가 이곳에 왔음에 감사하다가 하면서 긴 시간 기다려왔던 만남을 갈무리했다.

다랑이논에 어둠이 내리기 시작해 새벽 일출을 기약하며 산을 내려와 마을 식당에서 저녁을 먹고 나와 보니 오지마을의 짙은 어둠 속에서 더욱 반짝이는 별빛과 밝은 달빛이 온 천지를 밝히고 있었다. 어두운 산길을 달려 숙소까지 가야 한다는데 이 밝음이 있어 그 길도 걱정이 없을 것 같다.

차창의 커튼을 젖히고 별들을 보면서 갈 작정으로 자리에 궁색하게 누워 이어폰을 꽂고 음악을 듣고 있자니 불현듯 남미에서 밤 버스를 탔던 때가 생각나 눈가가 촉촉해졌다. 24시간이나 버스를 타야 하는 강행군 속에서 내 몸은 지칠 대로 지쳐 있었고 누구를 위로할 수 있을 정도의 작은 여유조차 상실한 같은 처지의 인간군상들은 잠에 곯아떨어져 있던 밤 그 하늘, 별은 또 얼마나 쏟아지던지… 좋아하는 노래만 무한 반복하여 들으면서 두고 온 사랑하는 사람들을 떠올리며 훌쩍이고 그들의 소중함을 뼈저리게 느끼면서 또 훌쩍이고 혼자 몸서리치게 외로웠던 그 밤을 난 평생 잊지 못할 것이다. 지금 내 옆에는 손만 뻗으면 나의 외로움쯤은 거뜬하게 손봐줄 이들이 있다. 그래서 이 순간을 유희한다. 때마침 성시경이 '아는 여자'를 불러준다. '그래! 내가 아는 여자들은 모두 나를 사랑해. 그래서 난 무지 행복해!'

새벽 4시 30분 버스에 올랐다. 분명 춥고 피곤할 텐데 누구 하나 불평이 없다. 자신이 좋아하는 일을 하면서 살게 하면 세상은 좀 더 살 만한 곳이 될 것이다. 틀림없이. 몸속까지 파고드는 산 위의 공기가 찼다. 이미 많은 사람들이 진을 치고 있었지만, 어제 터득한 요령으로 좀 더 세련되게 중국인들의 틈을 비집고 섰다. 역시 장비는 대단했다. 하지만 침 뱉고 담배 피우고 목소리 크고… 매너는 꽝이었다. '참는다! 내가 참는다. 이 숭고한 대자연 앞에서 내가 보살이 되마!'

마음을 열고 나니 옆에 있던 아저씨가 내 사진 찍는 실력이 어설퍼 보였던지 이것저것 참견하기 시작했다. 내가 외국인이라는 것을 알고는 새벽공기에 얼어서 굳어 있던 얼굴을 어색하게 펴고 미소를 지었다. 그리고 기적처럼, 동료들을 향해 담배를 끄라는 손짓

구름의 남쪽 마을에 여명이 밝아오자 이 때를 기다리던 인간들은 뒤엉켜
카메라 셔터만 눌러댔다.

도 했다. 고마워요 아저씨! 이 좋은 곳에서 괜히 미운 마음만 내고
있었는데. 오해는 미움을 낳고 이해는, 뭘 낳지? 모르겠다. 그냥 이
상황이 나쁘지는 않다.

  아침 해가 꿈틀거리자 인간의 마을에서도 하나 둘 불빛이 새어
나오기 시작했다. 부지런한 농부는 산 위의 인간들은 도대체 고단
한 삶의 무게가 진흙탕이 되어 질척이는 이곳에 뭐 볼 게 있다고
저러고 있는지 이해할 수 없는 마음을 안고 일상을 준비하느라 부
산할 것이다.

  "농부 여러분! 이곳에 사람들이 모여드는 이유는요, 자연과 인간
의 완벽한 조화가 만들어낸 신비로운 기운이 부르기 때문이에요.
거부할 수 없는 그 기운의 부름에 이끌려 자신들도 모르게 이곳으
로 온답니다."

  저 논둑길을 걸어 농부의 일상이 시작된다. 저들이 있기에 내년
에도 그 내년에도 세상 구석구석에서 모여든 많은 사람들이 저들

자연과 인간 그 공존의 역사성을 일깨워준 소중한 아침 풍경

이 만들어 낸 조화의 기운에 흠뻑 젖어 이 산을 내려갈 것이다.

"행복을 위해서는, 행복해지는 데는 작은 것으로도 충분하다. 작은 것들이 최고의 행복에 이르게 해준다. 고요하라."

니체가 속삭인다. 더할 나위 없이 작은 것, 가장 미미한 것, 가장 가벼운 것, 도마뱀의 바스락거림, 한 줄기 미풍, 찰나의 느낌, 순간의 눈빛. 이런 것들이 우리를 행복에 이르게 해준다고 한다. 고단한 삶을 이어가야 하는 현장에서는 놓치고 마는, 나를 내려놓아야 비로소 보이는 것들이기도 하다. 망원 렌즈 속으로 들어온 논둑길 위의 농부에게 아침햇살을 머금은 저 논의 물빛이 행복에 이르게 해줄까?

산 아래 마을의
아침 풍경

곤명(昆明, 쿤밍Kunming)

산 아래 마을에서도 일상이 시작되고 있었다. 오늘도 어제와 같은 삶을 꾸려야 하는 그녀들에게 내가 능력이 있다면 아주 작은 것들로부터 최고의 행복을 느낄 수 있는 여행이라는 선물을 주고 싶었다.

이른 새벽부터 시작된 일정이라 마을의 아침 시장 구경에 나설 수 있어 기분이 한껏 부풀었다. 사람들의 살아 있는 모습을 볼 수 있는 곳이 시장 아닌가! 채소며 고기거리를 내다 파는 작은 시골 장에는 소수민족 여인들이 하나 둘 앉아 전을 펼쳐놓았다. 인심이

관음보살님의 넓은 품을 닮은 위대한
세상의 어머니들

절로 미소를 짓게 하는 아침 시장 캐릭터들

좋아 보이는 아주머니가 장사를 시원스레 한다. 콩나물을 다듬는 솜씨는 이미 달인인 듯 보이는 할머니, 돈 세는 모습이 깐깐해 보이던 아주머니까지 꼭 닮은 우리의 모습이었다.

유채며 정겨운 달걀꾸러미, 색다른 두부, 보기만 해도 매운 고추, 간식 삼아 먹던 사탕수수, 나름 멋을 낸 옷을 입고 팔려가길 기다리는 두부 삼총사 등 절로 미소를 짓게 하는 아침 시장 캐릭터들이다.

다시 곤명昆明으로의 장시간 이동이다. 가는 길에 하니족(哈尼族) 민속마을을 둘러보고 마을에 있는 다랑이논을 가까이에서 보고 논둑길도 직접 밟아 볼 수 있도록 해준단다. 게다가 물소랑 농부아저씨도 섭외해서 사진까지 찍도록 해준다니 선물을 받는 기분이었다.

멋진 풍광을 카메라에 담고 미끄러질까 조심조심 논둑으로 들어가 온갖 자세를 잡으며 사진을 찍기도 하면서 꽤 시간을 보낸 것 같은데 기분 좋은 기다림이 길어진다. 농부아저씨가 수고비를 요구해서 협상이 진행되지 않는다는 이야기가 들려오자 당연한 일이라 생각하면서도 씁쓸한 기분을 감출 수가 없었다. 나만의 생각

구름이 걷히기 시작하는 구릉의 아랫마을

열 컷만에 찍은 제대로 된 사진

이 아니었는지, 일행 중 한 분이 수고비를 지불한다는 말을 전하자 물소를 끌고 오셔서 다소 인위적인 자세를 잡아주어 그 모습을 담을 수 있었다.

어젯밤 어둠 속에서 둘러보았던 마을을 이리저리 구경하는데 공터에 얼굴 가득 장난을 묻힌 녀석들이 마을을 점령하고 있어 카메라에 담았다.

여행의 꼭 절반을 보내는 오늘이다. 일정이 만만치 않아 힘들었지만 지금이 아니면 또 이곳이 아니면 할 수 없는 것들을 해서인지 어려운 과제를 끝낸 뿌듯함과 대견함 등등의 만감이 교차한다. 상이 필요하니만큼 어렵게 찾은 콜라 한 모금을 하사한다. 입속으로 들어간 콜라는 목구멍을 넘어 식도를 타고 정확하게 7초 후 위에서 환희의 불꽃을 터트렸다. 올레ㅣe!

여행 6일째인
오늘은
Sunny Day!

곤명(昆明, 쿤밍Kunming)
대리(大理, 다리Dali)
백족(白族, 바이족Baizu)

단잠을 자고 일어난 오늘은 여행 6일째로 *Sunny day*! 일정을 보니 곤명에서 대리로의 이동이다. 여행을 떠나오기 전 열심히 찾아보고 정리한 노트에는 대리의 역사가 장황하게 정리되어 있었다.

"지금은 중국 22개 성 중 하나인 운남성의 한 자치주에 지나지 않지만 남조국(南詔國: 당唐나라 때 티베트 버마족이 세운 나라)과 대리국(大理國: 10세기 초 당말 혼란기에 멸망했던 남조국南詔國을 계승하여 세운 나라)의 수도였던 곳. 천혜의 요새 창산(蒼山: 4,122m)과 얼하이(洱海湖水: 249㎢)를 품고 있으며, 중국 56개 소수민족 중 15번째로 인구가 많다는 백족이 주로 거주하는데 이들은 하얀색을 숭상하여 스스로 바이지·바이니·바아훠(하얀 사람들)라 부른다고 함. 중국 정부도 이들의 뜻을 따라 1956년 이곳을 백족자치주白族自治州라 했다 함. 실크로드(Silk Road)와 가장 오래된 무역로였던 차마고도茶馬古道의 교차점이기도 하며, 남조왕국 이전부터 정치·경제·문화의 중심지 역할을 했다 함. 언제부터인가 부의 상징이 되어 버린 대리석의 산지이며 대리석의 어원지라 함. 아아, 그렇구나! 대리석이란 말이 이곳에서 비롯되었구나. 가만, 혹 모든 사람이 다 아는 상식을 나만 이제 아는 거야?"

꼼꼼하게 메모된 노트를 보면서 '이론 정리는 끝냈으니 현장학습만 하면 되겠네.'라는 생각에 혼자 웃었다. 5시간 정도 이동한다는데 길 위의 사정을 어떻게 장담할 수 있겠는가! 오늘도 인내라는 두 글자를 새기고 새겨야겠다. 점심식사는 백족 마을에서 할 예정이란다. 백의민족白衣民族과 백족白族, 뭔가 상통하는 것이 있을 것 같아 기대가 된다.

대리를 안내해 줄 가이드가 합류하면서 지루할 틈이 없었다. 입담이 좋은 재간둥이라 어찌나 이야기를 맛깔나게 하는지 청취율 100퍼센트였다. 특히 "여인천하의 백족은 여자의 식사가 끝나야 비로소 남자의 식사가 시작됩니다."라는 부분에서는 호응도가 최고조였다. 하지만 고된 밭일은 여자들의 몫-경제권을 가진다는 의미- 게다가 힘든 밭일을 끝낸 여자들은 앉아 담배만 피우면서 여자들의 일 끝나기를 기다리고 있던 남자들을 큰 광주리에 넣어 메고 집으로 돌아갔다고 한다. 얼굴이 까맣고 조금은 뚱뚱해야 인기가 있다고 하는데, 여자들의 말에 따르면, 남자들은 밤에 힘든 일을 해야 하기 때문에 낮에는 쉬는 것이 당연하고 까만 얼굴은 강한 정력의 상징이며 조금은 뚱뚱해서 살집이 있어야 추운 밤에 뜨듯하게 안고 자기에 좋다고 한다.

가이드가 이 지역을 여행하면서 목격한 사실이라고 하면서 자신

백족 마을답게 집들이 모두 하얀색이었다. '물에 비친 나무'라고 생각될
정도로 거리가 맑고 깨끗했다.

은 작고 얼굴이 하얗다보니 인기가 없어 붙잡는 여자가 없었다고
하자 '하하하 호호호', 대체적인 반응을 보아하니 남자들은 어이없
어 하고 여자들은 통쾌해 했다. 성의 문제로만 접근하면서 재미있
어 했지만 사실 종족의 번식과 유지라는 인류학적 측면에서 본다
면 이것은 소수민족 여성에게 씌워진 벗을 수 없는 멍에와도 같은
슬픈 현실이다. 이방인이 쉽게 웃고 떠들 수 있는 이야깃거리는 아
니다.

  웃자고 한 일에 죽자고 달려든 격이 되어 버렸다. 난 왜 매사를
그냥 넘기질 못하는지…. 깊은 생각에 혼자 심각한 사이 어느새 도
착했는지 차창 밖으로 백색의 집들이 스쳐 지나갔다. 예상보다 지
체되면서 휴게소에 들러 간식으로 배를 채우기는 했지만 괜히 심
각했더니 허하다. 배부터 채워야겠다!

커피숍을 품은
화장실,
가객루의 진풍경

가객루加客樓

가객루加客樓, 규모와 격이 달라 보이는 식당이다. 불교문화가 융성했던 곳이라 그런지 식당 중정에 들어서니 대리석으로 조성한 백의관음白衣觀音보살상과 중국인들에게 있어서 인간사 모든 일에 관여하고 해결해 주는 만능신으로 섬겨지는 청룡언월도의 관우 장군이 모셔진 작은 각이 있었다.

관우 장군이 청룡언월도를 잘 다루었다는 이유로 가위나 칼을 사용하는 의류업·식당업·이발업 관련 종사자들이 신으로 받들어 자신들이 운영하는 점포에 신상神像을 모시다보니 중국 여행을 하면서 하루에 한 번쯤은 만나게 된다. 민중의 부름이 있으면 즉시 응답하는 영험의 신으로 존숭되었던 만큼 1949년 중화인민공화국이 성립되기 전까지만 해도 중국에서는 관우 장군의 탄생일에 학교를 휴교하고 각 가정에서 공양했을 정도였다고 한다.

2층 연회실에 마련된 식사도 훌륭했지만 커피숍을 품은 화장실은 압권 중의 압권이었다. 허겁지겁 주린 배를 채운 뒤 비우고 싶어 화장실을 찾으니 친절한 직원이 지하쪽을 가리키면서 미소를 지었다. 답례의 인사를 하고 생각 없이 내려가는데 올라오시는 분들의 표정이 묘하다. '왜 그러느냐?'는 눈빛을 보내자 '가보라!'는 눈짓으로 답했다. '하하하~ 이래서 그랬구나.' 마치 칵테일파티에서 우아하게 칵테일을 한 잔씩 들고 이야기꽃을 피우는 것처럼 하나둘씩 커피가 담긴 종이컵을 들고 서서 웃고 떠들고 있었다. 서빙하는 여직원까지 상주시킨 미니 커피숍이 마련된 화장실 앞에서! 믿을 수가 없다. 왜? 도대체 왜! 지하 화장실 앞에서 이러고들 있지?

중국의 오지를 여행하다보면 정말 난해한 것이 화장실이다. 변기의 모양이 애매하여 자세를 어떻게 잡아야 할지 삼시 고민하게 만들기도 하고, 심지어 문이 없어 어찌할 바를 모르게 만들기도 한다. 그런데 여기는 수세식양변기가 '떡' 하니 모셔져 있다. 분명 가객루의 명소임에 틀림없다.

창산에서
진룡기국을
만나다

창산(蒼山, 창산Cangshan)

창산蒼山은 지질학적 가치를 인정받아 국가에서 지정한 국가지질
공원이다. 가장 높은 봉우리가 4,122m에 달하는 창산을 오르기
위해서는 걷거나 말을 타거나 케이블카를 타는 등의 방법이 있다
고 한다. 시간이 없는 우리는 물론 케이블카를 타고 오를 것이다.
입구를 통과하여 들어가니 난전이 펼쳐져 있었다. 형형색색의 열
대과일이 먹음직스럽게 쌓여 있어 군침이 돌았다. 모처럼 가벼운
옷차림을 해도 될 만큼 날씨가 좋다보니 사 먹고 싶다는 생각이
간절했는데 재촉하는 소리가 들려 이내 포기하고 말았다. 시간조
절의 실패가 잦아지자 불쑥불쑥 화가 치밀어 올랐는데 오늘도 어
김없다. '욱' 하려는 순간, 무장해제하라는 메시지를 담은 포대화
상의 웃는 얼굴이 눈에 들어왔다. 조화로운 기운의 운용을 깨닫는

순간이었다.

저 멀리 이해호수(洱海湖水, 얼하
이. '하이'는 몽골어로 호수의 뜻)가 보
인다. 사람의 귀 모양같이 생겼다 하

케이블카에서 내려다본 얼하이

여 붙여진 이름이라 한다. 그리고 호수가 마치 바다와 같이 넓다 하여 '바다 해(海)' 글자를 사용했다고도 한다. 창산 18계곡의 물이 흘러들어 형성된 담수호로 그 모습이 아름다워 사람들의 사랑을 듬뿍 받는다고 한다.

저 아래 보이는 길로 트레킹을 하나 보다. 5~7시간까지도 걸리는 행군의 수준이라고 했다. 그 폐해를 지적하기도 하지만 문명의 이기인 케이블카가 있어서 다행이었다. 풍광을 즐기며 개발자에게 감사의 마음까지 보내는 여유를 부렸다.

케이블카에서 내려 잘 조성된 길을 따라 구경에 나섰다. 신령스러운 기운이 모이는 곳이면 어김없이 인간의 소망이 걸린다. 저 나무가 아무런 저항 없

창산에 대형장기판이 있었다. 호기심이 많은 사람들은 올라서서 크기를
가늠하며 웃고 떠들고 있었다. 나도 슬쩍 올라 한 컷을 남겼다.

는 기꺼움으로 저 많은 것들을 무조건 받아준 걸 보니 나의 소망
보다 사랑하는 이들의 소망을 더 많이 담았나 보다.

　시간에 쫓겨 창산의 비경을 제대로 감상할 수 없어서인지 별 감
흥이 없었다. 나만 그런가 싶어 둘러보았더니 놀 거리를 발견했는
지 왁자지껄 떠드는 소리가 들려왔다.

　장기에도 무협지에도 큰 관심이 없는 나지만 대형장기판은 신기
했다. 그래서 진룡기국珍龍碁局이라는 제목을 달고 있는 자원해설
판을 유심히 들여다보니-읽느라 머리에 쥐가 날 뻔했다- 유명한 무
협작가 김용金庸의 소설 『천룡팔부天龍八部』(1094년을 전후해서 일
어난 중국 대륙의 역사를 무대로 사랑과 천하를 한손에 움켜쥐려는 군
상이 장쾌하게 그려진 역사장편소설)의 내용 중 대리국大理國 황태자
단연경段延慶과 황미승인黃眉僧人과의 대국 장면을 묘사한 것으로
예전에 있던 자리에 새로 만들어졌는데 원래는 바둑판이었으나
장기판으로 바뀌었다는 내용 등과 함께 대형장기판으로 기네스북
에 등재된 사실을 기록하고 있었다.

珍珑棋局

珍珑棋局是根据当代著名武侠作家金庸先生《天龙八部》中所描述大理国皇太子段延庆与黄眉僧人对弈的棋盘，如今在原址上重新修建而成。原来围棋改为象棋，棋盘长21米，宽19米，总面积400平方米，棋盘红、白相间。

Zhenlong board

Under the Rain Watching Pavilion lies Zhenlong Chessboard as described in Tianlong Babu. A big chessboard of 460 square meters is built on the place where celestial beings played chess and bad competitions with swords. This chessboard seems to set the Guinness Book of Records.

창산에서 만난 진룡기국

진룡기국은 바둑의 가장 어려운 수手인데 왜 장기판이 있는지 사람들이 의아해하고 있었는데 자원해설판에 그 설명이 나와 있어 의문이 풀렸다. 2003년 중국 TV에서 소설을 드라마로 제작했었는데 소설의 무대가 대리국이어서 대리大理 일대는 물론 창산의 대형장기판이 있는 이곳에서도 촬영이 이루어졌다고 한다.

지질공원에 와서 생각지도 않게 바둑의 수手를 배우고 대형장기판을 구경했다. 여행은 역시 변수의 묘미가 있다. 창산 이곳에서 즐거운 추억 하나를 더한 셈이다.

해질녘 연못에 비친
탑에 넋이 나가다

숭성사(崇聖寺, 총찡스)
천심탑(千尋塔, 치엔쉰타)

숭성사, 관람시간이 7시까지라고 하는데 채 1시간도 안 남았다.
일정의 마지막이어서 꼼꼼하게 돌아보지 못할까 걱정했었는데 역
시 이 넓은 곳을-생각보다 훨씬 넓은 곳- 1시간 안에 돌아본다는
것은 무리다. 다행히 경내를 순환하는 전동차가 있어 시간을 벌 수
있을 것 같았다.

저 멀리 숭성사삼탑崇聖寺三塔이 보였다. 1925년 이 지역을 강타
한 대지진으로 가장 중심에 있는 천심탑의 정상부가 날아가고 탑
신에 금이 간 것도 모자라 70m 거리를 두고 세워져 있던 두 탑마
저도 약간씩 기울었다고 한다.

천심탑은 운남의 소수민족을 통일하고 남조국을 세운 시노루왕
이 불심을 통해 이민족 간의 통합을 꾀하고자 조성했다고 한다. 그
높이만 해도 69m(16층 높이), 이 상징성이 짙은 거대한 불탑이 자
연재해이기는 하지만 큰 상처를 입었으니 민심이 흉흉했을 것이
다. 그러나 불가佛家의 일에 이유 없음은 없다. 이틀 뒤 시작된 여
진으로 오히려 천심탑신千尋塔身의 금이 사라졌다고 한다. 큰 재난

으로 미망에 빠진 중생들에게 한 가닥 위안을 주려는 우주의 자비로운 마음이 보인 기적일 것이다.

1978년 삼탑三塔을 보수하기 위해 해체하는 과정에서 남조국의 다양한 불교문화재 600여 점이 출토되었다고 한다. 과연 명불허전이다. 해질녘 작은 연못에 비친 탑을 보면서 아름다움에 넋이 나갔다. 문득 경주 불국사 석가탑이 영지에 저렇듯 아름답게 비쳤다면 아사달과 아사녀는 행복하게 해로했을 텐데… 생각하니 마음이 아리고 아프다.

불국과 불도

숭성사 산문은 굳게 닫혀 있었다. 대신 전시관으로 나 있는 작은 문을 통해서 출입하게 되어 있었다. 넓은 경내를 효율적으로 관람할 수 있도록 전동차를 운행하고 있어 접근하기 쉽게 이런 구조를 택했나 보다.

우리 절집에서도 일주문을 거치지 않고 주차장을 통해서 경내를 출입할 수 있도록 되어 있어 일주문도 한 번 보지 않고 불국토에 발을 들여놓는 것이 예삿일이 되어 버렸다. 너나없이 인간의 편리함이 세상의 중심이다 보니 어쩔 수 없는 노릇인지 모르겠지만 아쉬운 부분이다.

숭성사는 1925년 대지진으로 대부분의 전각이 소실되었는데 2005년 중국정부가 지금의 모습-북경의 자금성을 본떠 만들어서인지 사찰보다 궁궐의 모습이 더 많이 보이는 듯-으로 중창했다고 한다.

얼핏 봐도 전체 규모가 대단한데 전성기 때는 정사각형 한 변의 길이가 7리, 전각의 수는 890여 채, 불상은 11,400존이나 되었다고 하니 「불도佛都」의 편액이 의미 없이 걸리지는 않았나 보다. 그런데 갑자기—오롯이 내 생각이지만— 한 생각이 떠올라 혼자 웃음을 지었다. 우리나라 경주 땅에 「불국佛國」을 이루려 불국사佛國寺를 만들었던 신라인! 역시 작은 고추가 맵다. 도시민과 국민의 주인 의식은 엄연히 다르지 않겠는가!

「불도佛都」 숭성사는 9세기경(824~859) 불교국가를 표방했던 남조국南詔國 왕실이 세운 사원으로 남조국을 계승한 대리국에까지 그 명성이 이어졌을 뿐만 아니라 9명이나 되는 대리국 왕이 이곳에서 출가수행했다는 기록이 보이는 것으로 보아 사격寺格에 관해서는 언급할 필요가 없을 것 같다.

이런 대사찰의 건립에 전설이 없으면 만두에 소가 없는 격이다. 숭성사삼탑을 보고 종루를 거쳐 경내로 들어와 마주치는 전각 「우동관음전雨銅觀音殿」은, 왕이 꿈속에서 '동銅으로 된 관음을 조성하면 나라가 번성할 것'이라는 말을 듣고 예사롭지 않게 생각하여 나라 전체의 동銅을 모으게 하였으나 불상을 조성할 만큼의 양을 모으기가 쉽지 않아 큰 걱정을 하고 있었는데 때마침 하늘에서 우동雨銅, 구리(銅) 비(雨)가 내려 그것을 모아 관세음보살상觀世音菩薩像을 조성하여 모셨다고 한다. 지극정성이 하늘을 감동시켰는지도 모르겠다.

조금 걷다 보니 설산을 머리에 이고 일주문이 철옹성같이 서 있는 모습이 눈에 들어왔다. 부처님을 뵈러 가는 길이 다분히 위압적이다. 무엇이든지 크게 만드는 이들의 정서가 나와는 맞지 않는다. 조금은 화려했던 치장이 곱게 빛이 바랜 채 다소곳하게 서 있

천심탑

숭성사삼탑

종루

우동관음전

일주문

천왕전

미륵전

대웅보전

관음전

숭성사 전각 배치

숭성사 대웅보전의 부처님·보살님·신장님

는 우리네 절집의 일주문이 나는 너무 좋다. 그래서 기꺼움에 한참
을 서서 교감한다.

우리 절집이라면 천왕문일 텐데 숭성사는 천왕전天王殿이다. 파
사현정(破邪顯正: 그릇된 것을 타파하고 바른 것을 드러내는 것)의 정
신으로 무장하고 위의당당하게 서서 도량을 지키는 우리의 사천
왕과는 달리 다소 우스꽝스러운 모습으로 전각 속에 계시니 민망
하다. 서둘러야 하는 시간이라 천왕전·미륵전·조사전·나한당 등
등의 전각 앞에서 합장례合掌禮만 갖추고 돌아섰다.

대웅보전이다. 영산인 창산의 기운이 이어져 내려 대웅보전에
모여 응집된 후 마주하여 펼쳐진 이해호수洱海湖水까지 흐른다고
한다. 대웅보전이 자리하고 있는 이곳은 말 그대로 대단한 명당이
라는 것인데 배산임수, 아무리 보는 눈이 없는 사람이라도 이 자리

에 서면 충분히 느낄 수 있을 것이다. 천천히 둘러보면서 만끽하고 싶지만 재촉하는 소리가 점점 가까워진다. 아무리 그 소리가 내 목을 옥죄어도 나는 들어가서 인사드려야 한다.

불성을 찾아야 할 인간 중생의 눈높이에 딱 맞춘 것이 고향집 안방 같은 너무나도 인간적인 그래서 맘 편히 내 한 몸 쑤셔 넣을 수 있는 우리 절집 대웅전이 그리워지는 순간이다. 중국이나 일본의 절집-사실 절집이라 이름을 붙이기는 어색하지만-은 문중 어른을 찾아뵙는 느낌 그 이상은 아니다. 사진에서 보는 것과 같이 문을 열고 들어서면 부처님과 보살님네, 조사스님, 심지어 천왕님까지 불단에 모두 모여 계신다. 문중 어른들이 모여 회의를 주재하는 것 같아 한쪽 구석에 조심스럽게 내 몸을 앉히게 된다. 그곳에서 어떻게 당장 내가 끌어안고 뒹굴며 사는 세상살이 고苦를 털어놓을 수 있겠는가. 요즈음 우리 절집도 이런 모습으로 변하고 있어 안타까

울 뿐이다.

관음전의 열린 문 사이로 십일면관음보살님이 연화대에 앉아 계셨다. 자비의 화신으로 우리 곁에 오셔서 인간군상의 만 가지 근심을 덜어주려 지금 이 순간에도 애쓰신다. 그래서 관세음보살님 앞에서는 응석 부리기가 주저된다. 하지만 아랑곳하지 않으시고 중생이 간절한 마음으로 꽂은 향香들이 피어 올리는 연기를 거두신다. 나무관세음보살南無觀世音菩薩, 관세음보살님께 귀의합니다.

불전례를 마치고 돌아서니 이해호수의 푸른빛이 눈에 들어왔다. 문득 부석사 무량수전 배흘림기둥에 서서 바라보던 소백의 운해가 떠오른 것은 단순한 감상일까?

대부분의 관람객이 빠져 나간 자리엔 우리 일행만 바쁘다는 소리쯤은 아랑곳하지 않고 여유를 부리고들 있었다. "설명을 할 테니 모여 달라."고 애원하며 소리쳐도 사진을 찍느라 들은 척도 하지 않던 한국인의 모습에 질려 하던 페루 현지 가이드 아저씨의 당황한 모습이 떠오른다. 배짱 하나는 두말할 것도 없이 세계 최고다.

붉은빛이 강렬한 담장에서 옷 색깔과 어울린다는 말에 한껏 포즈를 잡았는데 그렇지 않아도 짧은 내 다리에 무슨 일이 일어난 것인지…. 그래도 설산과 붉은 담장 앞의 모자란 내가 조화롭다.

남조풍정도의
여인들

남조풍정도(南詔風情島, 난자오펑칭다오)

혼자 하는 여행이 아닌 이상 일정의 끝을 장담하기란 쉽지 않다. 마지막, 숙소에 돌아와 각자의 방으로 들어간 후에라도 문제는 발생한다. 익히 경험했으나 오늘은 정말 지쳤다. 타지의 어둠은 앞을 분간할 수 없을 정도로 짙어졌는데 우리의 문제는 지금부터인 것 같다.

웅성거리는 소리, 가이드의 바쁜 움직임. 뭔 일이 생겼나 보다. 남조풍정도南詔風情島까지 들어가기 위해서는 배를 타야 하는데 선착장까지 가는 길에 전선이 늘어져 있어 대형 버스가 들어갈 수 없단다. 그래서 모두 버스에서 내려 울퉁불퉁한 흙길을 캐리어를 끌고 걸어 들어가야 한다는 것인데 여기저기서 불만이 터져 나오기 시작했다. 잠시 시간이 흐른 뒤 작은 차에 짐만 실어 보내고 사람은 걸어 들어간다는 말이 전해져 왔다. 최선책이겠지! 하나둘씩 움직이기 시작했다.

어둠을 뚫고 조금 걸어 가다 보니 '今日有房, 오늘 빈방 있다'는 객잔의 불빛이 지칠 대로 지친 나를 유혹했다. 게다가 다양한 모

74

백 가지 만 가지 번뇌가 관음의 불빛에 녹아 없어진 남조풍정도의 그 밤

양의 가면을 벽면 가득 걸어 놓은 가게의 불빛은 고개를 들 힘조차 없는 나를 마구 끌어당겼다. 지나칠 수 없는 유혹에 끌려 문턱을 넘으려는 순간 누군가 선착장에 도착했다고 외쳤다. 출렁이는 호수에서 생각 없이 흔들리고 있는 배에 짐과 사람이 오르기 시작했다.

어둠 속의 남조풍정도 밤 풍경이 괴기스럽다. '원래 남조국의 왕이 병을 치료하기 위해 돌아다니다가 발견한 섬이었는데 세월이 흐르면서 백족(白族, 바이족)의 공동묘지가 되어버리자 1997년 중국정부가 묘를 모두 이장시키고 많은 자금을 투자하여 지금과 같은 관광지로 만들었다고 한다.' 여행을 준비하면서 정리했던 내용이 떠올라 몸을 움츠렸다.

도착한 이곳에 관음觀音이 밝힌 저 불빛이 없었다면 삿된 견해를 만드는 마음의 작용으로 새끼줄을 뱀으로 착각할 판이었다. 미망 속을 헤맬 뻔했는데 시무외施無畏의 불빛으로 무외無畏의 편안함을 얻었다.

242조각의 대리석 옷으로 치장한 운남복성아차야관음

　아침 산책을 약속하고 잤던 것을 몸이 먼저 기억했는지 새벽 5
시 남짓에 눈이 절로 떠졌다. 진한 커피 한 잔의 생각이 간절하다
못해 얻을 수만 있다면 영혼이라도 팔고 싶다는 마음을 다잡고 나
선 산책길에 펼쳐진 물안개를 머금은 남조풍정도의 아침 풍경은
꿈속 같았다. 몽환적으로 펼쳐진 길을 따라 오르니 242조각의 대
리석 옷으로 치장한 관세음보살님(운남복성아차야관음雲南福星阿嵯
耶觀音. 운남에 복을 주는 관음이라 하며 백족의 관음으로도 부른다고
함)이 계셨다.

　관세음보살님을 둘러싸고 있는 벽화 속에는 대리의 역사가 부조
되어 있다. 이들의 역사 속에 함께 하셨던 또 한 분의 관음, 부석관
음負石觀音이 벽화 속에서 당시를 증언하고 있다.

　잘 알려진 바와 같이 관세음보살님은 천 개의 손과 천 개의 눈
(千手千眼), 열한 개의 얼굴(十一面)로 서른세 가지나 되는 다양한
모습으로 변하여(三十三應身) 중생의 환난을 구제하신다. 맞춤형
해결사인 셈이다. 그래서 관음신앙이 가장 널리 전파되어 대중의
사랑을 받아왔는지도 모르겠다.

적의 군대가 쳐들어오는 협곡의 입구에 웬 늙
은이가 큰 돌덩이를 등에 메고 가벼운 발걸음으
로 길을 가고 있자 이를 수상하게 여긴 적장이 불
러 세워 그 연유를 물었다. "당신 도대체 뭐야?"
"네, 저는 이 마을 사는 늙은이입니다." "아니,
늙은이가 무거운 돌을 아무렇지도 않게 지고 다닌단 말이냐?" "예?
우리나라에서는 흔하게 볼 수 있는 일인뎁쇼!" "뭐야?"

놀란 적장은 군대를 돌려 물러나고 나라는 전쟁의 화를 면했다
고 한다.
돌을 짊어진 늙은이의 몸으로 나투시어 나라를 전쟁의 화로부터
지켜주신 관음의 화신을 부석관음이라 부르면서 섬기고 사랑하여
백족白族의 관음으로 모시고 있는 것이다. 우리나라에서는 볼 수
없는 관음의 화신이어서 흥미로웠다.

여덟 아들을 거느리고 남조풍정도를 지키고 있는 사일모

꿈같은 기억으로 오랫동안 내 마음에 자리할 남조풍정도

　남조풍정도의 정상에 관음이 있다면 호숫가에는 백족의 여신 사
일모沙壹母가 있다. 원래 고기를 잡던 어녀漁女였는데 용과 결혼하
여 여덟 아들을 낳았다고 한다. 후에 이들은 모두 남조국의 부족장
이 되어 이곳을 다스렸다고 한다. 지금은 긴 머리를 늘어뜨린 채
왼손엔 물고기 두 마리를 꿴 작살을 쥐고 양 옆으로 여덟 아들을
거느린 자연인의 모습으로 남조풍정도를 지키고 있다.

　오늘 아침을 라면으로 해결하기 위해 급히 숙소로 발길을 돌렸
다. 남조풍정도에서의 일정은 어제나 오늘이나 빠듯한 것 같다. 아
침 산책마저 없었다면 이 좋은 곳에 와서 잠만 자고 나온 꼴이 될
뻔했다. 일행을 기다리고 있는 버스에 올라 자리를 잡고 차창으로
눈길을 돌리니 멀리 보이는 남조풍정도는 따뜻한 빛으로 자리하
고 있었다.

남조풍정도에서만 볼 수 있다는
나신의 조각상. 물안개가 걷힌 호
수의 잔물결이 아침의 정령이라도
된 듯 그녀를 깨우고 있었다.

호도협
가는 길

호도협(虎跳峽, 후타오샤TigerLeapingGorge)

여행 7일째가 되는 오늘의 가장 중요한 일정은 호도협虎跳峽 트레킹이다. 나에게는 기대보다 걱정이 앞서는 일정이라 마음이 편치만은 않아 완연했던 봄기운 대신 설산이 우리를 겨울 속으로 이끌고 있는 차창 밖 풍경에 정신을 집중하려는데 여전히 산란했다.

금사강(金沙江, 진사강)의 옥빛이 끝없이 펼쳐지는 것을 보니 목적지에 가까워지나 보다. 잠시 쉬어가기로 한 휴게소에서 재미있는 것을 발견해 웃고 떠들다 보니 마음이 한결 편해졌다. "오성급五星級 여행자변소旅行者便所!" 너무나도 중국적인 발상이라면서 다들 입을 모아 한마디씩 했다. "나, 오성급 화장실 갔다 온 사람이야!"

"다시 출발!"이라는 한마디에 차에 올라 자리에 앉으니 슬그머니 걱정 주머니가 열렸다. '아브라카다브라 *Abracadabra*, 넌 할 수 있어!' 주문을 외우면서 꾸려온 짐도 다시 정리하고 트

레킹을 위한 장비도 점검했다. 이러고 있으니 마치 내가 한가락 하는 산악인처럼 생각되어 코웃음이 나왔다.

나에게 있어 산이란 자신의 한계를 극복하여 마침내 정상에 올라 끓어오르는 희열에 눈물을 흘리면서 깃발을 꽂는 그런 곳이 아니다. 그저 숨차지 않을 정도의 적당하게 거친 길을 생각 없이 걷다가 문득 고개를 젖혀 푸른 하늘의 뭉게구름에 눈인사를 찡긋 하고, 시원한 바람을 맞으면서 귀를 간질이는 새소리에 마음을 뺏기다 돌부리에 채여 내리뜬 눈 속으로 허락 없이 들어온 꽃들의 향연에 감탄하다 한없이 선해지는 마음을 나무에 새기는 그런 곳이다.

운남으로의 여행이 공지되면서 선택사항이 있었다. 세계 3대 트레일 중 하나인 호도협 트레일을 A와 B 두 코스로 나누어 트레킹 할 예정이니 자신에게 맞는 코스를 선택하여 알려 달라는 것이었다.

일반적으로 호도협 트레킹은 출발지 마을 차오터우(橋頭)에서 호도석虎跳石이 있는 상호도협上虎跳峽까지를 1박2일에 거쳐 걷는 것이다. 포수에게 쫓기던 호랑이가 바위 하나를 딛고 뛰어넘은 협곡이라 하여 붙여진 이름 호도협은 세상에서 가장 오래된-실크로드보다 무려 200년이나 앞선- 무역로 차마고도 중 가장 아름다운 길로 유명세를 타면서 죽기 전에 꼭 한 번 걷고 싶은 길이 되었다. 게다가 악명 높은 28밴드(28구비)의 험한 길이 포함되어 있어 심심하게 걷기보다 적당한 강도의 산행을 원하는 사람들에게도 충분히 매력적이어서 각광받는 여행 코스가 되었다.

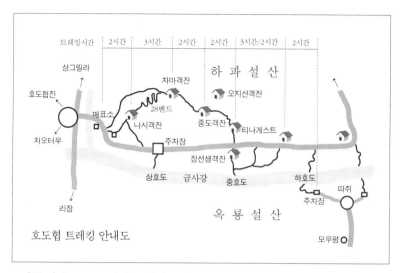

페루 잉카(Inca) 트레일, 뉴질랜드 밀포드 사운드(Milford Sound) 트레일과
함께 세계 3대 트레일의 하나인 중국 호도협(Tiger Leaping Gorge) 트레일.
악명높은 28밴드가 구불구불 굽어 있다.

　이번 운남 여행에서 빠질 수 없는 중요한 일정인 호도협 트레킹
에서도 이러한 특징을 충분히 살리고자 A와 B 두 코스로 나누어
진행하나 본데 정리해 보자면, A코스는 출발지 마을에서 1박의 숙
소로 정해진 중도객잔中道客棧까지 5시간 남짓한 시간을 걷게 되
는데 28밴드가 포함되어 있으므로 산행의 경험이 많고 체력이 뒷
받침되는 사람들에게 유리할 것 같았고, B코스는 출발지 마을에서
28밴드(28구비) 정상까지 일명 빵차라 불리는 작은 봉고차를 타고
오르고 풍광이 아름답고 비교적 평탄한 길이 이어지는 중도객잔
까지 1시간 남짓만 걸으면 된다고 하니 고된 산행보다 편안한 걷
기를 원하는 나 같은 사람에게는 적당한 듯했다. 고민할 필요 없이
난 B코스다!

빵차를 타고
짜릿짜릿!

호도협 트레킹의 출발지 마을 차오터우(橋頭)에 도착했다. 주위를 둘러봐도 온통 산행을 준비하는 사람들의 모습뿐이다. 우리 여행 팀도 각자 정한 코스대로 움직이기 위해 삼삼오오 짝을 지으며 장비를 점검하고 있었다. 비교적 가벼운 코스를 선택했지만 걱정이 안 되는 건 아니어서 내딛는 발걸음에 소심함이 묻어난다. 얌전하게 기다리고 있던 빵차에 오르고 보니 B코스를 선택한 사람들은 *young & old*의 정말 재미있는 조합이었다.

빵차를 타보니 과연 듣던 대로 짜릿짜릿했다. 비교적 평탄한 길을 한 굽이 돌면 빵차 한 대가 겨우 지나갈 정도의 좁고 거친 돌길이 나와 롤러코스트를 태웠다. 아악! 으악! 하하하. 오우! 오 마이 갓! 재미있어 야단법석이었다.

그러나 순간 기분 좋은 괴성은 탄성으로 바뀌었다. 문득 눈에 들어오는 말문을 닫게 만드는 절경! 침묵 속에 셔터 소리만 날카로웠다. 하바설산(哈巴雪山)과 위룽설산(玉龍雪山) 사이로 흐르는 금사강(金沙江, 진사강 남쪽으로 흘러가면 그 이름은 양쯔 강이다)의 거

빵차를 타니 짜릿짜릿했다. 실눈을 뜨고 바라본 풍광은 더 짜릿짜릿했다.

대한 물줄기를 타고 튀어 오르는 수만 개의 물방울에 햇빛이 가 앉으니 반짝이는 별빛이 되었다. 그것도 잠시 그 별빛은 유성이 되어 옥빛 빙하수에 묻혀 버린다. 찰나에 일어나는 오묘한 움직임들을 흰 눈을 얹어 한껏 멋을 부리고 우아한 몸짓으로 서 있는 설산이 지켜보고 있었다. 그 순간 그곳엔 내가 없었다.

영어가 젤
쉬웠어요!
차마객잔

빵차가 멈춰 섰다. 28밴드(28구비)의 정상을 지나 차마객잔茶馬客棧 입구에서 모두 내렸다. 이런, 차마(茶馬, Tea-Horse)라는 영어가 이렇게 쉬우면 사교육비 부담에서 훨씬 자유로울 텐데…. 워낙 알려진 객잔이어서인지 세계 곳곳에서 다녀간 사람들의 메시지가 한 가득이었다.

나시객잔(納西客棧)에서 장비를 점검하고 28밴드(28구비)를 힘겹게 오르고 있을 A코스를 선택한 사람들을 위로하면서 한 상 가득 차려진 점심상을 마주했다. 현지 가이드의 집에서 공수해 온 김치로 맛깔나게 차려진 음식들을 게걸스럽게 먹고 중도객잔中途客棧까지의 여정을 시작하려 부산을 떨었다. '빈 깡통이 요란하다'고 1시간 남짓한 산행을 할 뿐인 사람들의 장비가 가히 전문가급이었다.

자신의 흔적을 이렇게 남기고
싶어하는 심리는 어떤 것일까?

위롱설산이 내 가슴으로 꽉 차게 들어오는 벅찬 감동을 사진에 담고 돌
아서니 설산을 마주하고 삶의 터전을 꾸린 농가와 무심한 듯 한가로이
서 있는 말 한 필의 그림처럼 정겨운 풍경이 내 두 눈을 사로잡았다.

하늘로 가는 사람들(KBS
다큐멘터리, 차마고도)

이러면 어떻고 저러면 어떠랴! 날씨는 매우 좋고 비지엠*BGM*까지 깔고 나니 기분은 더 좋다. 마방들은 살기 위해 이 험한 길을 걸었을 텐데 나는 느끼기 위해 이 길을 걸으려 한다.

2007년 *KBS* 다큐멘터리 '인사이트 아시아 – 차마고도'의 홍보 사진이다. 나에게 이 사진 한 장이 준 충격은 컸다. "어머나, 저 사람들 모두 하늘로 올라가려나 봐! 뭐야 저건?" 지난 3,000년간 중국의 차(茶)와 티베트의 말(馬)이 교역을 위해 넘나들었던 길 차마고도茶馬古道, 왜 차와 말인가?

7세기 당 태종의 양녀 문성文成공주는 당나라를 위협할 정도로 세력을 키운 토번(吐蕃: 티베트)으로 시집을 가게 되었다. 정략결혼으로 낯설고 물 선 이역만리로 떠나는 공주를 위해 꾸려진 예단은 마치 문명의 이동을 보는 듯했다. 가구, 그릇, 패물, 비단, 역사·문화·기술서적, 곡물, 누에알, 의약품, 25명의 시녀, 악대, 장인, 동불상 등등. 하지만 공주는 이 모든 것을 제쳐두더라도 즐겨 마시던 차(茶)만은 꼭 포함시키도록 했다. 중국의 차가 장족(藏族: 티베트족)의 땅 토번왕국으로의 이동을 준비하고 있었던 것이다.

목축이 주업이었던 장족에게 왕의 결혼으로 들어오게 된 차는 주식인 고기와 우유 때문에 야기되던 소화불량의 문제를 해결해 주는 영양의 보고였다. 차를 통해 건강한 삶을 경험한 이들에게 차

는 '식량 없이 3일은 살아도 차 없이 단 하루도 살 수 없다.'는 말이 나올 정도로 꼭 필요한 물품이 되었다.

반면 중원 대륙을 차지하고 지키기 위해서 꼭 필요했던 뛰어난 전투마는 차가 절대적으로 필요했던 티베트 장족의 땅에 있었으니 차와 말의 교역은 당연한 결과였다. 절대적인 필요에 의해서 차와 말의 교역을 위해 전문적인 상업조직 마방이 조직되었고 원활한 교역을 위한 길도 자연스럽게 만들어지게 된 것이었다.

길이 만만치 않다. 조로서도鳥路鼠道, 새와 쥐만 다닌다는 뜻의 좁은 길, 내 한 몸 균형을 잡고 걷기조차 힘든 길 어마어마한 부피와 무게의 짐을 실은 말과 말잡이 간마련(看馬人)의 행렬이 어떻게 안전하게 다닐 수 있었을까? 그래서 '죽음의 길'이라고 했나? 폭만

한 발을 내디딜 때마다 신이 내 가슴속으로 들어왔다.

좁은 것이 아니라 울퉁불퉁한 돌길에다 무른 돌이어서 발을 잘못 디디면 바로 미끄러지게 생겼으니 말이다. 등산화에 스틱을 짚고서도 발이 헛돌아 균형을 잃곤 했다.

세월이 흐르면서 차와 말 외에 소금·약재·금과 은·버섯류·야크모피 등 교역품목이 점점 늘어나 마방의 규모도 커졌다고 한다. 그에 비례해 감당해야 할 짐의 무게가 늘어난 것은 말할 필요도 없다. 자신보다 더 큰 짐을 메고 걸었을 말의 가혹한 삶에 마음이 그 무게만큼 무거웠다. 마방의 길 5,000km의 대장정에서 마방이 사고나 병으로 죽는 일은 다반사였다고 하니 '길에서 나서 길에서 죽는 것이 마방의 운명'이라고 하는 말이 실감이 났다.

대반전이다. 이 위험천만한 길이 왜 이다지도 아름답단 말인가!

안전한 집에 앉아 목숨을 보전하면 뭣 하리! 죽음을 무릅쓰고 나온 이 길에 신이 있는데….

신산神山 위룽설산, 살기 위해 마방의 삶을 선택한 이들에게 이 산은 어떠한 위험 속에서도 자신들을 구해 줄 것 같은 든든한 신의 힘이 느껴지는 존재로, 이 산과 마주 서는 순간 자신이 선택한 삶에 털끝만큼의 후회도 없었을 것이다.

아무런 위험도 존재하지 않고 날씨는 그야말로 기막힌데 게다가 마음을 뒤흔드는 노래는 끊임없이 흘러나오고 있는 순간 벅차다 못해 터져버릴 것 같은 느낌을 마음에 다 담을 수가 없었다. 설상가상으로 신산이 내 눈앞에 있었다. 우러러보는 산이 아니라 마주 바라보는 산의 모습으로 내 눈앞에 있었다. 한걸음 내디딜 때마다 산이 내 품으로 들어왔다.

'그래, 생긴 모습도 다르고 말(言)도 다른 세상 인간들이 이곳에 서면 다 똑같은 마음이 되게 하는 그 신비로운 힘은 바로 이것을 두고 한 말이었구나.' 3,000년 동안 이 길은 존재할 수밖에 없었으며 아무리 현대화된 교통로가 생겼다고 해도 결코 이 길은 사라지지 않을 것이다. 인간이 이 지구상에서 사라지지 않는 한!

1시간 남짓 걷는 길을 3시간이나 걸려 걷고 있는데도 한없이 즐겁기만 했다. 천천히 눈에 들어오는 모든 것을 내 것으로 만드는 일이 가능했다. 울퉁불퉁한 돌길에 아무렇게나 앉아 눈앞에 펼쳐지는 설산 봉우리들의 향연을 걸림 없이 즐겨도 먼발치로 앞서가는 일행이 눈에 들어오니 낙오될 걱정도 없었다. 하늘엔 파란 하늘만 있으면 심심할까봐 흰 구름이 제 모양을 한껏 뽐내고, 협곡의

인간이 지구상에서 사라지지 않는 한 남이 있을 신비의 길

아찔한 아름다움에 정신이 팔려 발이라도 헛디뎌 다칠까봐 꽃망울을 꽂은 나뭇가지들은 예쁘게 장막을 쳐놓았다. 지친 내 삶을 꾸리다 힘이 들면 꺼내보려고 이 모든 것을 차곡차곡 쌓았다. 기억의 창고에.

속았다!
HALF WAY ➤➤➤➤➤

위낙 시간 감각 없이 걷다 보니 깜빡 속아 넘어갔다. 'HALF WAY'
엉! 이제 겨우 반 온 거야? 다들 의아해 하면서 '절반의 성공'을 자
축하는 기념촬영을 하고 또 생각 없이 앉아 쉬었다. "힘내서 걸어
봅시다." 기운이 불끈 솟게 만드는 한 마디에 다들 "파이팅!"을 외
쳤다.

조금 속도를 내고 걷기 시작한 것이 금방이었는데 "이게 뭐
야, 마을이 보이잖아. 다 왔나 본데?" "하하하, HALF WAY가 그
HALF WAY가 아니라 중도객잔을 알리는 방향표시였나봐? 다 왔
어!" "헐!"

좁은 골목을 따라 내려가 숙소에 발을 들여놓았다. 느낌이 좋았
다. 누군가 방을 배정 받고 중정에서 시원한 맥주 한 잔씩 하면서
아직 도착하지 않은 A코스를 선택한 사람들을 기다리자는 제안
을 해 왔다. 운이 좋게도 중도객잔의 스위트룸을 배정받았다. 올레
ole!

방에 들어서자 낡은 창으로 스며드는 햇살을 유희하는 먼지들이

중도객잔의 스위트룸과 그 앞에서 내려다본 객잔의 마당

침대를 온통 차지하고 있었다. 내가 가장 좋아하는 나른한 오후의 풍경이라 조금도 움직이고 싶지 않았다. 이 따뜻함은 분명 오랫동안 내 기억 속에 자리할 것이다.

"빨리 내려오세요!" 웬 낯선 외국인? 글로벌한 우리 아그들이 벌써 훈남 총각을 앉혀 놓고 판을 벌이고 있었다. 그런데 이 총각이 우리말을 곧잘 했다. 고려대학교에서 한국어를 배웠고 지금은 초등학교 원어민 선생님이란다. 영국 총각의 인상이 참 좋았다. 인연이란 이런 것!

나이든 나는 일찍 자리를 털고 일어섰다. 아귀가 잘 맞지 않는 방문을 활짝 열어젖히고 사진 속에 보이는 저 침대에 기대앉으면 위룽설산이 아무 걸림 없이 내 눈 속으로 들어오는 경이로운 일이 벌어진다. 오후 한나절 문득 내게 온 호사好事를 맘껏 누렸다. 설산을 비추던 해가 기울어질 때쯤 얼굴이 상기되고 온몸에 흙먼지를 뒤집어쓴 A코스를 선택한 사람들이 하나둘씩 도착하고 있었다.

씻고 짐도 정리하다 보니 저녁시간이었다. 백숙이 준비되었다고 해서 편한 복장을 하고 식당으로 향했다. 식당 안은 온통 이곳을 다녀간 사람들이 남긴 흔적들로 그득했다. 그런데 식당 안이 다소 술렁였다. '무슨 일이지?' 숙소인 중도객잔을 지나쳐 버린 낙오자가 생겼다고 했다. A코스를 선택했던 사람 중 한 명이라는데 산행에 경험이 많은 분이라 걱정은 조금 덜었지만 위험이 곳곳에 도사리고 있는 차마고도라는 사실이 우리들을 긴장시켰다.

걱정을 안은 채 식사를 시작하고 있다 보니 발 빠르게 움직인 현지 가이드와 연락이 닿아 함께 오고 있다는 소식이 진해져 왔다. 다들 한숨 돌리고 비로소 차려진 음식들을 즐겼다. "다들 힘든 하루였으니 다함께 건배!" 닭다리를 서로 양보하면서 백숙으로 포식할 즈음 갑자기 박수소리가 들렸다. 길을 잃었던 분이 도착했나 보다. 신산神山이 나쁜 일을 만들지는 않을 터라 큰 걱정은 하지 않았지만 그래도 다행이었다. 기분 좋은 저녁을 먹고 방으로 돌아와 트레킹으로 주어진 적당한 피로감을 즐겼다.

시계의 야광바늘이 새벽 2시를 알리자 두꺼운 윗옷을 하나 대충 걸치고 어둠을 더듬어 옥상에 올랐다. 낯선 여행지에서 밤하늘이 주는 다양한 볼거리는 빼놓을 수 없는 보너스다. 코끝을 스치는 알싸한 바람이 기분 좋았다. 좁은 의자에 드러누워 쏟아지는 별을 온몸으로 받아내는 나는 분명 행복한 인간이겠지?

천하제일측간!

동네 닭들이 새벽잠을 깨웠다. 호도협 트레킹의 남은 여정이 시작되는 날이다. 오랫동안 남을 아름다운 기억을 간직한 채 객잔의 문을 나서다 '아뿔싸! 화장실, 화장실을 찍어야지!' 천하제일측간天下第一廁間인데 허름해 보이는 저곳이 천하제일의 측간(화장실)이다. 화장실 문이 없는 중국을 여행하면서 당황했던 그 동안의 나를 단숨에 위로해 주었다. 저 문을 열고 들어서면 그 누구의 시선 따윈 신경 쓸 필요조차 없다. 내 몸의 냄새나는 찌꺼기를 내보내는 그 순간 오로지 나 혼자 저 설산을 품는다.

본격적이 오늘의 여정이 시작되었다. B코스를 선택했던 우리는 어제보다는 다소 힘들 수 있다고 했다.

"숙소인 중도객잔을 출발해서 차마고도를 따라 걷다보면 관음폭포가 나옵니다. 그곳부터는 폭이 좁고 거친 길이 시작되니 조심하십시오. 그리고 조금 가다 보면 절이 하나 나오는데 문을 열어 놓지 않아 들어갈 수 없으니 죽 따라 길을 걸어서 티나객잔(TINA'S

GuestHouse)까지 가십시오. 빵차가 기다리고 있습니다. 빵차를 타고 상上호도협 입구에 도착하면 우리를 기다리고 있는 버스가 있습니다. 상호도협에서 호랑이가 건넜다고 하는 바위 호도석虎跳石을 구경하시고 다시 버스에 오르시면 됩니다. 그리고 다음 일정은 그때 설명하도록 하겠습니다."

분주히 아침 식사를 하는 중 들려왔던 현지 가이드의 오전 일정에 관한 설명이었다. 절 문이 열리지 않는다는 소리가 벼락처럼 들려왔다. '여기까지 왔는데 열리지 않는다고! 그럼 그냥 가라고!'

거칠지만 아름다운 길, 어느 날 어느 때 그 누구에게는 힘든 삶의 길이었겠지만 오늘 이 순간 나에게는 힘든 삶을 치유하는 길이다. 참 좋다! 험난한 진화의 과정을 거쳐 살아남은 인간은 자연 앞에 겸허하다. 신성한 자연 앞에서 내가 꾸린 짐이 행여 과욕은 아닌지, 그래서 화를 불러오지나 않을까, 지극한 마음으로 안전을 위한 돌멩이를 하나 올리는 마방의 몸짓이 눈에 어른거렸다.

티베트불교 문화권을 여행하면 반드시 만나게 되는 바람에 나부끼는 깃발 타르초Tharchog가 보였다. 우주의 5원소를 상징하는 오색(五色: 파란 하늘·황금의 땅·붉게 타오르는 불·흰 구름·초록빛 바다) 천에 경문經文을 새겨 매달아 놓았는데 이는 진리가 바람을 타고 세상 곳곳으로 퍼져 중생들이 해탈에 이르기를 기원하는 무한 자비의 마음이다.

문이 굳게 닫혀 있었다. '그럴 리가 없는데, 친견을 못하고 갈 리가 없는데, 집착을 공부시키려고 이러시나…. 그래! 기도는 통하게 되어 있어!' 굳게 닫힌 채 열릴 줄 몰라 아쉬운 마음에 하염없이

중도객잔에서 관음폭포까지 가는 길

쳐다보고만 있었는데 중국청년들이 계단을 오르더니 어찌했는지 모르겠지만 절집 문이 열렸다.

절벽에 의지해 지붕만 겨우 올린 전각이었다. 화려하진 않았지만 남순동자南巡童子를 거느린 관세음보살님께서 자비로운 모습으로 앉아 계셨다. 저 관세음보살님은 장사를 위해 떠나온 고향에 있을 사랑하는 부인의 얼굴을 생각하면서 만들었을 것이다. 사랑하는 가족의 품으로 무사하게 돌아갈 수 있도록 이 길의 안위를 기원하며 엎드린 그 마음이 얼마나 간절했을까?

문을 열고 들어선 왼쪽으로 신중상이 모셔져 있었다. 현실적인 기원을 담아 조성했을 것이다. 그들도 장사꾼인지라 이익을 남기는 일에 무심할 수 없을 터, 이익을 관장하는 신중을 모셨다. 재미

협곡의 아름다운 풍광에 정신을 잃고 소로를 지나며 마음을 하나로 모으니
관음폭포가 눈앞에 펼쳐졌다. '절 문 열어 친견하게 해주세요!' 기도가 통했
나보다. 마침내 절 문이 열렸다. 걸림 없이 모든 걸 받아주시는 관음보살님
이 계셨다. '잘 왔어!' 하시면서.

신중의 보호 아래 남순동자를 거느
리고 차마고도를 지나는 뭇 중생의
안전을 지키고 계신 관세음보살님

있는 것은 수명을 관장하는 신을 모신 것 같은데 마음씨 좋아 보
이는 할아버지 모습을 하고 있다. 현실적인 이익도 목숨이 붙어 있
어야 가능한 일이니 어쩌면 가장 중요한 분일지도 모르겠다.

마방의 간절한 마음이 보이는 소박한 절간 관세음보살님 전에
엎드려 문이 열려 친견할 수 있게 해주심에 감사하고 여행길의 안
전을 원하면서 문을 나서는데 포즈를 잡으라는 사인이 와 두 팔
벌려 기쁨을 만끽했다.

여담이지만, 문이 열리도록 애썼던 중국 청년들은 문 앞에서 담배
만 피우고 있었다. 어떻게 받아들여야 할지 알 수가 없었다.

호도협에서
호랑이를 만나다!

호도협, 호도석

티나객잔을 알리는 방향표시가 반가웠다. 하늘은 파랗고 봄이 온 협곡 마을은 살고 싶을 만큼 예뻤다. 가파르고 험한 산길에서 내려다본 저 마을이 마방의 무리에겐 어떤 모습으로 비쳤을까?

드디어 도착한 상上호도협. 힘든 산행을 무사히 마친 서로가 대견해 칭찬을 아끼지 않았다. 협곡 아래로 내려가 호도석虎跳石을 보고 다시 올라오기까지 1시간, 까마득했다. 마지막 힘을 짜내야 하는데 내려갈 길이 까마득하다. 잘 정돈된 나무 계단을 따라 내려가면 호도협이 손에 잡힐 듯 가까워진다. 전망대 아래 만들어 놓은 약간은 유치한 호랑이형상의 상징물 앞에는 어김없이 인증 샷을 날리는 무리로 가득하다.

전망대에서 조망한 호도협의 전경은 정말 멋졌다. 세계에서 가장 깊은 협곡이라 하지만 그 폭은 가장 좁은 것이 30m도 되지 않는다고 한다. 사냥꾼에게 쫓기던 호랑이가 바위 하나를 딛고 충분

호도협을 찾는 사람이라면 반드시 인증 샷을 남기는 장소

포수에게 쫓기는 호랑이와 호도석

그나저나 저 계단을 어떻
게 올라간다는 말인가?
쉬엄쉬엄 밀고 당기면서
서로를 의지해 올라가니
숨이 깔딱거리는 이 길도
오를 만한걸! 상기된 얼
굴을 마주보면서 뿌듯한
미소를 건넸다.

히 건너뛸 수 있었을 것 같다. 지명의 유래에 얽힌 이야기를 떠올리자니 쫓기는 자의 불안한 마음이 묻어나는 잘 만들어진 형상인 것 같아 당시 위급한 상황을 공포에 떨며 몰래 숨어서 보고 있는 듯했다. 폭이 좁은 급류에 자리하고 있는 큰 바위가 바로 호랑이가 딛고 뛰었다는 호도석이다.

남은 일정을 위해 이동하는 내내 한 가지 생각이 머릿속을 떠나지 않았다. 차마고도 마방의 길을 걸으면서 문득 떠올랐던 조선의 보부상. 교역 물품 보따리를 자신의 등에 짊어지고 크고 자은 험준한 고갯길을 두 발로 걸어 넘나들었던 그들의 고단했던 삶을 우리는 잊고 있다. 몇 년 전, 울진지역에서 보부상 12령嶺 길이 개발되었다는 기사를 얼핏 본 듯한데, 돌아가면 계획해 봐야겠다.

수허구진에서
마방의 지갑이
열리다!

수허고성(束河古城), 수허구진(束河古鎭)
The Ancient Town of Shuhe

천년의 역사를 자랑하는 나시족마을 수허고성이 가까워지나 보다. 나름 멋을 한껏 낸 거리의 아가씨들이 촌스럽지만은 않아 "관광객일 거야? 아니 현지인일 수도 있어!" 한참을 설왕설래하며 차창 밖 풍경을 즐겼다.

　수허고성은 차마고도 마방들의 역참기지 여강고성보다 오래된 나시족마을이다.

　유난히 검은 얼굴이 특징인 이들은 지금도 모계사회를 유지하고 있다. 특히 자신들의 믿음에 차마고도 장삿길에서 배워온 종교를 융합하여 새로운 종교 동파교東巴敎를 창시하였고, 독특한 그림문자로 알려진 동파상형문자를 만들어 독자적인 문화를 구축하였던 소수민족이기도 하다.

　수허고성의 빛바랜 문이 정겹다. 차마고도를 따라 형성되었던 교역문화와 나시족의 전통문화가 조화를 이루는 독특한 고대도시의 모습을 잘 간직하고 있다는 점이 인정되어 1997년 세계문화유

수허고성의 빛바랜 문과 1997년 세계문화유산에 등재된 고성 마을 안내도

산으로 지정되었다.

　수로를 따라 형성된 오래된 길들이 풍미를 더하는 마을을 산책하려니 멀리서 쿵쾅거리는 음악소리가 들려왔다. 괜스레 마음속 풍선이 부풀어 올라 나도 모르게 발걸음을 재촉했다. 예사롭지 않은 복장을 한 무희들이 빠른 걸음으로 장터 광장을 향하고 무대에선 벌써 쇼가 펼쳐지고 있었다.

　나시족의 전통복장을 하고 무대에서 펼쳐지고 있는 쇼의 진행을 맡고 있는 여인의 아름다운 자태에 정신이 팔리고 북을 두드리며 강한 동작으로 시선을 끄는 남자무용수와 살랑거리며 흔들어대는 무희들의 춤 솜씨에 넋을 잃을 즈음 문득 고향 땅에서 힘들게 싣고 온 물품들의 교역을 무사히 마치고 이곳에 도착했을 마방들이 눈앞에 서 있는 듯했다. 이익이 남았으면 남은 대로 야간의 손해가 있었으면 또 그런 대로 비로소 긴장을 풀고 쇼가 한창인 북적대는 광장의 분위기에 젖어 어깨를 들썩이면서 고향의 가족들에게 안겨 줄 선물이라도 살 요량으로 깊숙이 숨겨 둔 돈주

마방들이 반드시 찾았을 것 같은 울긋불긋한 색실이랑 모자·가방·장신구들

머니 사정을 헤아리면서 구경에 흠뻑 빠져 있었을 그들과 나는 시간을 초월해 한 공간을 공유하고 있었던 것이다.

상점에 진열된 상품들은 모두 자기들을 봐달라고 유혹하고 어떤 것을 골라야 할지 갈피를 잡을 수 없는 인간들은 마냥 기웃거리기만 하는 수허고성의 사방가四方街는 예나 지금이나 변함없이 흥청망청한다.

담쟁이가
예쁜 카페!

21세기 오늘의 나는 라바짜*LAVAZZA* 커피가 있는 담쟁이가 예쁜 카페를 발견해 흥에 겨웠다. 문을 열고 들어서니 한껏 멋을 낸 바리스타 아저씨가 정신없이 바빴다. 약간은 비싼 커피를 아깝지 않은 마음으로 주문했다. 힘든 여정을 끝내고 내일부터는 비교적 편한 코스를 여행할 것이니 진한 커피 한잔의 여유는 사치가 아니다.

노랫소리를 따라 걷다 보니 생각보다 내부가 꽤 넓었다. 직접 찍은 사진이랑 책들도 판매하고 있었는데 이 집의 마스코트 고양이 사진이 꽤 많았다. 그저 편한 의자에 내 몸을 던지고 커피와 음악 속으로 빠져 들었다. 여행이 주는 선물을 주저 없이 받아 행복한 마음으로 누렸다.

진한 커피와 감미로운 목소리가 썩 잘 어울렸던 오후 한때

우리의
사랑을 허락하소서!

운삼평云杉坪

포근하고 아늑한 잠자리에 껌딱지처럼 붙어 일어날 생각이라고는 조금도 없는 햇살 좋은 아침, 내 집인 양 게으름을 피우며 일정표를 뒤적였다. 기대가 되는 일정이 보기 좋게 나열되어 있었지만 지금까지의 경험으로 비추어 볼 때 어디서 어떻게 어그러져 또 어떤 경험을 하게 될지 알 수 없다. 그래서 재미있는 것이 여행이기도 하다.

오늘의 첫 방문지 운삼평云杉坪은 위룽설산을 파노라마처럼 볼 수 있는 곳이라고 한다. 삼나무에 대한 강렬한 인상이 남아 있는 나였기에 운삼평은 기대가 큰 일정 중 하나였다. 일본을 여행하면서 우연히 만나게 된 삼나무 숲에서의 신비한 경험은 쉽게 잊히지 않는 여행의 기억이다.

뿌리마다 이끼로 뒤덮인 거대한 삼나무가 울창한 숲에 안개가 자욱하게 내려앉아 사방을 분간할 수 없었다. 순간 행여 바로 옆에 서 있는 일행을 놓쳐 혼자 영영 이곳에 갇히지나 않을까 하는 무서운 생각이 들어 옴짝달싹도 못한 채 서 있었다. 그때 문득 정말

사물의 존재 이유를 일깨워 준 나무

문득 한 줄기 햇살이 나를 향해 내리꽂히는 것이었다. 순간 그 짧은 순간에 온몸을 감싸고 있던 두려움은 한 점 티끌도 없이 사라져 버렸다. 한 줄기 햇살이 누구에게나 주는 위안 같은 것은 아니었다. 다시 찾은 일행들에게 말조차 꺼낼 수 없었던 찰나의 무섭고도 신비한 경험이었다. 운삼평의 삼나무 숲은 또 어떤 기억을 나에게 안겨줄까?

또 하나의 놓치고 싶지 않은 일정은 장예모(張藝謨, 장이머우) 감독의 인상여강(印象丽江, Impression Lijiang) 쇼의 관람이다. 이 지역 소수민족의 삶과 사랑을 극화劇化하여 500여 명의 지역 소수민족을 배우로 훈련하여 등장시킨 작품으로 위룽설산을 배경으로 설치된 붉은 무대가 인상적이라는 글을 접한 터라 기대가 크다. 이 두 일정만 잘 진행된다면 오늘의 마지막 일정 여강고성에서의 자유 시간을 맘껏 즐길 수 있을 텐데, 잘 마무리되길 빌었다.

죽 이어져 있는 13개의 눈 덮인 봉우리가 하늘을 나는 거대한 용의 모습을 닮았다 하여 위룽설산이라 한다는데 멀리서 보니 그런 것 같기도 했다. 차창 밖을 스치는 설산의 모습을 카메라에 담으려다 시야를 가리는 가지가 앙상한 한 그루 나무를 당장 뽑아버리고 싶은 마음이 충동적으로 일었다. 하지만 얼른 생각을 바꿨다. 멋진 풍광을 걸림 없이 담다 혹시 눈이라도 상할까 염려하는 자연의 보호장치라고…. 신산神山을 방문할 땐 착한 마음을 가지는 것이 필수다. 그래야 동티가 나지 않는 법이다.

국가지정(AAAAA급) 풍경구 여강옥룡설산丽江玉龍雪山은 접근하기가 쉽지 않았다. 풍경구 안을 오가는 셔틀버스를 타고 케이블카 승차지점까지 가서 케이블카를 타고 해발 3,200m의 운삼평에 올라야 한다.

나시족이 신성하게 여겨 죽기 전에 꼭 한 번 찾고 싶은 곳이라 그런지 사람들이 많았다. 이 많은 사람들을 실어 올리려 케이블카 몇 대가 부지런히 움직이지만 중과부적이었고, 모두들 오후에 진행되는 쇼 일정을 남겨두고 있는 터라 마음이 조급한 상태였다.

중국 여행을 하다 보면 중국인의 새치기는 혀를 내두를 지경이다. 지금은 우리의 시민의식이 많이 향상되어 자발적인 줄 서기쯤은 아무 문제없이 행해지지만 무질서하고 제멋대로인 이들의 행동은 과거 우리들의 모습이기도 했다. 하지만 이해할 수 없는 그들의 짜증을 불러일으키는 행동으로 인해 여행의 순간을 망치기도 한다. 1시간여를 인내하면서 기다린 케이블카에 올라 아래를 내려다보니 아직도 많은 사람들이 열을 내며 서 있었다. 질서를 지키면 빨리 진행된다는 지극히 상식적인 일이 통하지 않아 서로 얼굴을 붉혀야 하는 소모전을 치르고 나니 허탈했다.

원시림이기보다 걷기에
편한 산책길이 되어버린
운삼평 삼나무 숲

우여곡절 끝에 오른 곳 역시 많은 사람들로 붐비고 있었다. 기대가 컸던 삼나무 숲도 데크를 깔아 걷기에 편한 산책길로 만들어놓아 또 그렇게 즐기면서 드넓게 펼쳐진 평원까지 걸었다.

신산神山을 향해 매단 소원들의 긴 행렬이 장엄하기까지 했다. 위룽설산을 뒤로하고 서 있는 나시족 아가씨의 자태가 고와 눈길을 거둘 수 없었다. 순수하고 고운 모습을 보고 있자니 문득 사랑을 이룰 수 있는 방법이 죽음밖에 없었던 슬픈 영혼들의 아픔이 전해오는 듯했다.

옛날에는 소수민족 간의 사랑이 허락되지 않았다고 한다. 허락

하행길에 갈아 끼운 망원렌즈 속으로 들어온 위룽설산

되지 않는다고 하지 않는 것이 사랑이라면 이 세상에 슬픈 사랑은 하나도 없을 것이다. 로미오와 줄리엣의 효과 – 금지하면 금지할수록, 떨어뜨려 놓으면 떨어뜨려 놓을수록 더욱 갈망하고 오직 함께 해야 한다는 마음만 앞세우니 누가 그들을 막을 수 있었을까?

이생에서 사랑을 이루지 못한 그들은 내생의 사랑을 기약하면서 눈이 시리도록 푸른 하늘과 눈 덮인 산, 원시림을 품은 너른 들판이 있는 이 세상이 아닌 듯 아름다운 이곳으로 들어와 가장 슬프고도 행복한 죽음을 맞았다고 한다. 눈을 감는 그 순간까지도 신을 향한 기도가 얼마나 간절했을까! 분명 새로 태어난 삶에서는 둘도 없는 사랑을 이루었을 것이다.

신산神山을 향해 가벼운 미소를 날리는 나는 이루지 못한 사랑을 가슴에 끌어안고 살고 있지 않으니 현재진행 중인 내 삶의 안위를 기원하는 극히 현실적인 바람을 마음에 담아 전했다.

인상여강
쇼!

인상여강(印象麗江, Impression Lijiang)

공연장에는 이미 많은 사람들이 자리를 잡고 앉아 쇼가 시작되기를 기다리고 있었다. 인파를 헤치고 무사히 자리에 앉았다. 위룽설산을 배경으로 펼쳐져 있는 붉은 무대는 과연 듣던 대로 대단했다.

호남성 장가계를 여행하면서 재미있게 봤던 천문호선天門狐仙쇼의 무대 배경 역시 인간의 손으로 만든다는 것은 불가능한, 오직 자연만이 만들어 낼 수 있는 신비로운 하늘의 문 천문산天門山이었다. 교교한 달빛의 조명까지 더해져서 우리를 몽환 속에 빠지게 했던 여우와 나무꾼의 사랑 이야기는 「붉은 수수밭」의 감독 장예모張藝謨의 작품이다. 압도할 만한 대자연을 배경으로 제작된 거대한 무대와 수많은 출연진들의 적절한 활용과 극劇의 짜임새는 말 그대로 명불허전이었다. 여행을 다녀온 후에도 한동안 문득문

득 떠올라 나를 당황하게 만들었다. 그만큼 인상적이었다는 것이겠지만.

그래서 이번 여행의 인상여강印象丽江 쇼가 더 기다려졌는지도 모르겠다. 시작을 알리는 전광판의 불빛이 보이고 무대엔 배우들이 등장하기 시작했다. 극은 1부 마방, 2부 술판, 3부 천상인간, 4부 타도조합, 5부 북춤의 제사, 6부 기도의식의 총 6부로 구성되어 있으며 소수민족의 삶과 사랑을 충실하게 담았다고 한다.

(1부) 마방馬幇의 삶은 고되다. 도대체 어떻게 표현해낼까 궁금했었는데 역시 등장인물들부터 관중을 압도했다. 500명의 지역 소수민족을 배우로 등
장시킨다고 하더니 250mm까지 당긴 망원렌즈 속에는 객잔에서, 옥룡설산풍경구 곳곳에서 봤던 낯익은 얼굴들이 한가득 담겨져

있어서 절로 웃음이 나왔다. 고된 삶을 춤으로 표현했다는 1부의 내용 중 압권은 관람석 주위를 360도 활용하여 만든 무대로 실제로 말을 탄 배우들이 하나둘씩 달려 나오는 것이었다. 군무의 춤사위가 크면서도 일사불란했고 리더가 있어 전체를 조율하면서 팀을 이끌었다. 매 순간이 위험천만인 마방의 삶을 잘도 표현했다고 박수를 보냈다.

(2부) 술판이 벌어진다. 동서고금을 막론하고 술이란 정도를 지키면 천지미록天之美祿이나 과하면 재앙이다. 여성들의 고된 노동으로 생계와 육아의 문제가 해결될 수 있었던 마방들은 상단이 꾸려지지 않을 때 지루한 일상을 그저 술이나 마시면서 보냈나 보다.

술판의 연출이 사실적이었다. 각자 탁자 하나씩을 들고 나오는 것을 보고 의아하게 생각했는데 다 쓰임새가 있었다. 술판의 혼란을 각자 들고 나온 탁자를 일제히 함께 두드리면서 소리로써 표현했다. 기발했다. 둘이서 삿대질을 하면서 싸우기도 하고 떼로 몰려다니면서 싸움판을 벌이기도 했다. 술판이 싸움판이 되는 걸 보

니 과하여 재앙이 되었나 보다. 대사가 없는 극이지만 소리와 몸짓만으로도 의미전달에는 문제가 없었다. 물론 자막은 제공된다.

일을 끝내고 돌아오니 남편은 집에 없다. 원수 같은 남편은 또 저잣거리에서 술에 절어 있을 것이다. 남편을 찾아 나선 여인의 모습에 관중석 여

인네들의 공감하는 마음이 전해져 왔다. 술판에서 뒹구는 남정네들 사이에서 남편을 찾아 몸을 곧추세우려 하지만 제 몸조차 가누지 못하는 물에 젖은 솜뭉치 같은 남편의 무거운 몸을 끌고 여인이 무대 밖으로 퇴장했다. 지금 이 순간 세상 곳곳에서 이런 모습은 예삿일로 보일 것이다. "술은 떳떳한 성품을 해치고 오륜五倫의 질서를 어지럽히며 제도를 망가뜨리니 즉시 없애야 한다."고 외치던 조선의 선비, 그는 술을 입에도 대지 않았을까?

(3부) 천상인간이다. 슬픈 사랑 이야기가 빠지면 극은 맛이 없다. 소수민족 간의 사랑을 허락하지 않았던 때 이룰 수 없는 사랑을 하던 남녀는 지상에서 이루지 못한 사랑을 맺어 준다는 위룽설산으로 영원한 사랑을 찾아 떠났다고 한다. 사랑을 위해 죽음을 택한 것이다.

흰 말을 탄 남자가 떠날 채비를 마치고 여자를 기다리고 있었다. 영영 다시 볼 수 없는 사람들의 배웅을 받으며 여자는 무거운 발걸음을 재촉했다. 하지만 울부짖으며 자신을 따르는 어머니를 뿌리치기는 쉽지 않다.

남자의 곁에 다다랐던 여자가 결국 뒤돌아섰다. 어머니와 딸은 두 손을 부여잡고 이 야속한 현실을 원망하며 통곡하지

만 더 지체할 수 없는 딸은 힘들게 어머니의 손을 놓고 큰절을 올린 뒤 남자의 말을 타고 길을 떠났다.

이때 무대 아래에서 한 남자가 절규하며 뛰어나왔다. 이생에서 이루지 못한 누이의 사랑이 저승에서는 부디 이루어져 영원히 함께 하길 두 손 모아 기원했다. 사랑을 위해 죽음이라는 극단적인 방법을 택한 이들과 아픈 이별을 하기 위해 길을 나섰던 모든 사람이 꼭 같은 바람을 마음에 담고 가시나무 길을 따라 내려오면서 3부는 끝이 났다.

사실 나는 저토록 무모한 사랑을 하는 사람들을 이해할 수 없다. 남은 자의 아픔을 조금이라도 생각한다면 저다지 이기적인 선택

은 할 수 없다. 타인의 반대가 크면 클수록 애정이 깊어진다는 로미오와 줄리엣의 효과! 인간은 좌절에 매력을 느끼고 불행 속에 자신을 가두어 그것을 보는 사람들이 아파하는 데 쾌감을 느끼는 이상한 심리를 가지고 있다고 한다. 자신들에게 닥친 불행은 자신들의 문제로 야기된 것이 아니라 사회나 주변인의 편견과 아집이 만들어낸 결과라고 단정을 지으며 사회의 편견이나 그 편견 속에서 자유로울 수 없는 사람들을 향한 극단적인 저항의 방법으로 죽음을 택한다고 하니 빈대 잡으려고 초가삼간 태우는 어리석은 행동일 뿐이다. 자살자에게는 저승문도 열리지 않는다고 한다.

(4부) 타도조합이다. 10개의 소수민족이 각각의 민속의상을 입고 자신들의 민요 타도를 노래한다. 관중 속에서 하나둘씩 독특한 복장을 한 배우들이 나오니 볼거리가 풍성했다.

(5부) 북춤의 제사이다. 천지신명에게 고告하는 축문을 읽고 제사장인 듯 기도의식을 치르고 있었다. 그리고 커다란 북을 든 배우들

이 등장하자 두근거림이 있었다. 신산을 향한 그들의 기도는 장엄했다. 일제히 두드리는 북소리와 북춤의 사위는 관중을 압도하기에 충분했다.

(6부) 기도의식이다. 관중들이 신산 위롱설산 앞에서 모두 한 가지씩 소원을 빌면 자신들도 함께 기도를 드리겠다고 한다. 극의 마지막 의식으로 출연진 모두가 무대에 올라 함께 기도를 드리는 모습에 왠지 뭉클했다.

쉬지 않고 달려온 나는 이 신산 앞에서 어떤 소원을 빌어볼까? 건강, 재물, 성공, 사랑…. 모르겠다. 순간 떠오른 것은 80일간의 세계 일주를 떠나기 위해 하인 파스파르투에게 짐을 싸도록 명령하던 필리어스 포그였다. 입버릇처럼 되뇌던 세상구경이 내 소원인가 보다.

출연 배우들이 모두 손에 손을 잡고 마지막 인사를 건넸다. 지극히 평범한 일상을 보내던 이들에게 주어진 배우라는 삶이 각자에게 어떤 변화를 가져왔는지 궁금했다. 어미닭이 알을 품어야 병아리가 껍질을 깨고 나오는 것이 세상의 이치다. 단단한 틀 속에 안주하던 사람들에게 새 생명을 불어넣어 세상의 타인들과 소통하게 만든 장예모 감독의 기획력, 그 대단함에 박수를 보냈다.

밀려나오는 무리들을 물끄러미 바라보다 텅 빈 무대의 강렬한 붉은빛이 눈에 들어왔다. 공연을 시작하기 전 무대의 붉은빛과는 사뭇 다른 느낌이었다. 그 속에 담겨 있던 이야기의 진한 감동 때문일 것이다.

여강고성서
센과 치히로를
만나다!

여강고성(麗江古城, 리장고성)

늘 그렇지만 한 장의 사진이 나를 이곳으로 이끌었다. 내가 좋아하는 기와지붕이 별처럼 박혀 있는 저곳에 불이 켜지면 도대체 어떤 모습이 될까? 기대가 커져버린 목적지가 되었다.

여강고성麗江古城은 성내 마을이 모두 유네스코지정 세계문화유산이다. 유네스코는 1946년 세계의 교육·과학·문화의 보급 및 교류를 위해 설립된 국제연합전문기구이다. 이를 통해 인류의 소중한 문화 및 자연유산이 자연재해, 전쟁, 빈곤으로부터 보호받을 수 있는 장치가 마련된 것이었다. 철저한 심사를 거쳐 지정된 세계유산은 지속적인 관심과 지원으로 지켜지고 있다. 우리나라도 1950

기와지붕이 별처럼 박혀 있는 여강고성

관광객의 발길이 끊이지 않는 여강고성 마을의 광장

년 가입한 이래 불교·유교 문화재와 자연유산·기록유산·인류무형문화유산 등 다수가 세계문화유산으로 지정되어 우리의 자긍심을 안고 세계인과 만나고 있다.

1976년 대지진으로 큰 피해를 입은 여강(丽江, 리장) 역시 곳곳이 세계문화유산으로 지정되면서 복구에 박차를 가할 수 있었다고 한다. 오늘도 세계인의 발길이 끊이지 않는 이 지역이 있게 한 일등공신인 셈이다. 어쩌면 돌이킬 수 없는 상황으로 매몰되었을지도 모르는 곳이 지켜져 나에게 감동을 준다 생각하니 "*Thank you very much!*"란 말밖에 나오지 않았다.

여강고성은 독특한 종교와 언어, 문자, 음악을 가지고 있는 나시족의 전통마을로 8세기경 남쪽으로 이주하여 새로운 터를 잡은 후 티베트·운남 소수민족의 영향을 받아 만들어낸 시가지이다. 송宋·원元대에 자리 잡기 시작해서 명明·청青대에는 산업과 교역의 중심지가 될 정도로 번성했으며 지금도 세계인의 발길이 끊이지 않는다. 이런 것을 보면 풍수지리에서 말하는 지기地氣라는 것을 무시할 수 없다는 생각이 든다. 대연진大硯鎭은 이곳의 지형이 큰 벼루(硯)를 닮았다 하여 붙여진 이름이라고 하는데 "문장文章이 흥興한 곳에 사람이 모여 든다."고 하더니 그래서 세월을 이어 사람들이 들끓는 모양이다.

집단 거주지를 만들어야 했던 만큼 가장 큰 문제는 물이었다고 한다. 신산 위룽설산에서 답을 찾은 그들은 설산에서 흘러내리는 물을 이용하기 위해 수로水路를 조직적으로 만들고 그 위로 길을 놓은 후 집을 지어 마을을 형성했다고 하는데, 상가지역에 해당되는 사방가四方街와 관아인 목부木府 등을 비교적 입구 쪽으로, 지금은 주로 객잔으로 이용하고 있는 생활공간을 좀 더 높은 곳에 배치하여 수로를 따라 적절한 공간분할을 이루었다고 한다.

공동체를 위한 정치·경제·사회·문화 전반에 걸친 인프라는 조성되어 있는데 방어를 위한 성벽은 없다. '이건 뭐지! 까닭이 있겠지?' 여강고성의 세습통치자인 토사土司의 성이 목씨木氏라는 말을 들으니 바로 이해가 되었다. 나무 목木이 큰입구(口) 속에 들어가면 괴로움 곤困이 된다. 사방을 성벽으로 에워싸면 목토사木土司의 통치는 어떻게 될 것인가? 바로 괴로움(困)이다. 비껴가기 위한 방편이 필요했을 것이다. 그래서 여강고성에는 성벽이 없다.

일본이 우리나라를 식민지화하면서 궁궐 마당 한가운데에 부지런히 나무(木)를 심었다. 문門을 열고 나무(木)가 보이면 한가함(閑)이 된다. 궁궐이 한가하다(閑)는 것은 무엇을 뜻하겠는가? 바로 망함(亡)이다. 무작정 짓밟기에는 너무나 버거웠던 대상을 향한 일본으로서는 절대적으로 필요했던 방편이었던 것이다.

기와를 얹은 목조 건축물들과 돌을 깔아 운치를 더한 골목길들 그리고 수량이 풍부한 수로는 독창적이고도 아름다울 뿐만 아니라 견고하여 지금까지도 온전한 모습을 간직하고 있었다. 저녁을 먹기까지 시간이 많이 남아 고성古城 마을의 곳곳을 돌아보기로 했다. 쉽지 않을 듯해서 지도 한 장을 싸서 손에 쥐고 대장정에 나섰다. 아기자기한 가게들을 따라 길을 걷다 보니 시간이 어떻게 지나가는지 모를 지경이었다.

구석구석 좁은 골목을 따라 별의별 상품들이 진열되어 관광객을 유혹하고 있었다. 눈길을 끄는 것도 있고 조잡하여 눈살을 찌푸리게 하는 것도 있었다. 나 같으면 들여다보지도 않을 것 같은 가게에도 사람들이 북적댔다. 개인의 취향은 이렇듯 다르고, 그래서 재미있다. 유독 내 눈길을 끌었던 것은 고운 신발, 불상, 명상을 위한 도구, 차(茶), 직물 등이다. 그리고 유명하다는 운남의 커피를 우연히 들른 가게에서 기분 좋은 인연으로 만나기도 했다. 여행의 즐거운 순간들이었다.

저녁식사 장소로 이동하기 위해 어둠이 내린 좁은 골목길을 따

내 눈길을 적어도 두 번은 받은 여강고성 사방가의 상품들

라 걸음을 재촉했다. 여행의 막바지 저녁상에는 떠나올 때 야심차게 준비했던 먹을거리들이 쏟아져 나온다. 아껴두었거나 시간에 쫓기다 미처 먹지 못했거나 이런저런 이유로 가방 속에 눌려 있던 녀석들이 드디어 제 모습을 드러내는 순간이다. 제조방법은 단 하나, 모두 넣고 비비는 것인데 고추장과 김은 필수다. 제아무리 여행지의 음식을 잘 소화하여 정체성을 잃은 인간들도 한순간에 무너지는 구원의 맛이다.

기분 좋은 저녁상을 물리고 나오니 고성古城 마을의 분위기가 낮과는 사뭇 달랐다. 몽환적인 분위기가 상상력을 자극했다. 여강고성은 일본의 애니메이션 '센과 치히로의 행방불명'의 배경이 된 곳이라고 한다. 전쟁보다 평화를 사랑하고 산업의 발달을 옹호하기보다 그로 인한 환경의 파괴를 고발할 수 있는 배포를 가진 거장, 아니 무엇보다도 아이들이 세상에 존재함을 사랑하는 흰 수염의 할아버지가 더 어울리는 미야자키 하야오(宮崎駿) 감독이 이곳의 여기저기를 기웃거렸다면 대작 하나쯤 완성시키는 것은 당연지사다. 동시대에 공존함이 기분 좋은 사람이라 내가 많이 좋아한다. 오늘 밤 나도 거장을 흉내 낸 작품 하나쯤 나올 법한 꿈을 꿀 수 있을 것 같은 그런 밤이다.

일본의 애니메이션 '센과 치히로의 행방불명'의 배경이 된 고성 마을의 몽환적인 야경

디저트 같은
여행의 마지막 일정!
동파만신원

동파만신원東巴万神園

공식적인 일정의 마지막 날 아침이 밝았다. 날씨가 맑아 기분이 더할 나위 없이 좋았다. 일정표를 훑어보니 정찬 후 나오는 후식 정도의 가벼움이 묻어났다. 위에 부담을 주지 않으면서 소화를 돕는 적당한 달콤함과 아기자기하고 산뜻한 색감色感으로 식후의 여유를 즐기게 해주는 후식의 특징이 잘 드러나 있었다. 나시족 문화의 요모조모를 직접 체험할 수 있는 공간들에서 시간을 보낸다고 하니 관심이 많은 나는 기대가 컸다.

북쪽에서 시작된 첫 일정. 차창 밖으로 찬 기운이 느껴져 두꺼운 옷을 하나 더 껴입고 버스에서 내렸다. 동파만신원東巴万神園이다. 동파 제사장문화라 불리는 나시족 문화를 한눈에 볼 수 있도록 조성된 공원이라고 한다. '만신万神, 많은 신神을 뜻하겠지?' "중국 내 55개 소수민족이 숭배하는 귀신의 숫자는 헤아릴 수 없이 많다."고 어딘가에서 읽은 기억이 났다. 각 민족이 처한 지리적 환경에 따른 생산방식이나 생활조건 등에 따라 숭배하는 대상에 조금씩의 차이는 있지만 "공식적으로 통계 처리된 숫자는 약 2,400여 개

경계를 알리며 위풍당당하게 서 있는 남녀의 나무장승

가 된다."고 적혀 있었던 것 같다. 선신善神, 악신惡神을 포함한 수 많은 귀신들이 한자리에 모여 있다니 뭔지 모를 으스스함에 오싹 했다.

입구 문을 지키고 있는 호랑이가 너무 귀여웠다. 이마에 왕王이 라고 새겨놓았는데 어째 좀, 무서운 호랑이를 이렇듯 해학적으로 풀었다면 이 민족은 분명 우리와 통하는 것이 있으리라. 무례하게 도 감히 카메라를 들이대 기념촬영을 했다. 기분 좋은 교감으로 얼 어붙었던 마음이 다 풀렸다.

인간의 영역을 벗어나 신의 영역으로 들어가니 삼가고 조심하라 는 듯 거대한 나무장승이 우뚝 서서 기선을 제압하고 있었다. 위가 갈라져 있는 왼쪽 장승이 남자를 상징하고, 위가 뭉툭한 오른쪽 장 승이 여자를 상징한다고 한다. 항상 솟구치려는 남성성과 모든 것 을 감싸 안으려는 여성성을 잘 나타내는 것 같아 웃음이 절로 나 왔다.

12지신상이 좌우로 분리되어 서 있었는데, 수호신인 양 각자의 신상 앞에서 포즈를 취하는 모습이 재미있었다. 들어가면 눈앞에 거대한 그림부조가 펼쳐져 있고, 좌우로 선신과 악신이 곳곳에 배치되어 있다고 한다. 나시족의 사후관死後觀이자 세계관을 표현한 것이라 하는데, 이는 곧 "만물은 신으로 가득 차 있다."고 하는 고대인의 사상과 일맥상통하는 것이다.

자연을 '영혼을 가지고 있는 살아 숨 쉬는 생명체'라고 인식했던 고대인들은 스스로 생성을 거듭하는 거대한 생명체인 자연을 두려워하며 공경했다. 자연의 위대함은 이에 그치지 않고 우주의 창조자로서 전지전능하고 완전한 존재인 신과 본질적으로 불완전하여 신에게 예속된 존재인 인간을 하나로 포괄하고 있다는 것이다. 서로 극복될 수 없는 간극은 있지만 하나로 묶여 있다는 것인데 그래서 이 둘을 연결해 주는 영혼의 안내자 샤먼이 존재하는 것이다.

신로도神路圖는 거대하고 사실적이었다. 죽은 사람(死者)이 신의 세계(神界)에 이르기까지 지나가야 할 저 세상(冥界)의 다양한 모습을 담은 그림이라고 한다. 그래서 죽은 사람을 신의 세계로 인도하는 권능을 가진 사제司祭 동파東巴는 죽은 사람의 영혼을 안내하는 제식을 행할 때 이 그림이 그려진 두루마리를 펼친다고 한다.

동파만신원의 신로도

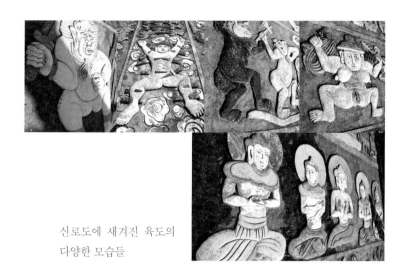

신로도에 새겨진 육도의
다양한 모습들

불교에서는 인간으로 태어나 깨달음을 증득하지 못하면 선악의
과보에 따라 지옥·아귀·축생·아수라·인간·천상의 육도를 오가
며 끝없이 생사를 되풀이해야 한다는 육도윤회사상이 있다. 신로
도에는 육도의 모습이 상세하게 묘사되어 있어 죽음을 피할 수 없
는 인간들에게 삶의 방향을 제시해 주는 지침서와 같다는 생각이
들었다.

입구에서부터 다양하게 묘사된 내용들이 어찌나 사실적인지 교
육이 안 될 수가 없겠다. 온몸에 칼이 박혀 누워 있는 모습은, 뾰족
한 것에 찔리는 데 공포가 있는 나로 하여금 당장 착하게 살아야
겠다는 말이 입에서 튀어나오게 만들었다. 그래도 다행인 것이 착
하게 살다 보면 끝은 있다고, 마지막 단계가 부처님의 연화세계라
큰 위안이 되었다. 다행이다. 죽음 이후의 세계가 있다고 여기는지
없다고 여기는지 그 생각 여하에 따라 삶의 디자인은 많이 달라질

선신의 상징 백란白卵과
악신의 상징 흑란黑卵

것이다. 다겁생의 과보를 믿는 나로서는 순간순간을 살펴 참회하
는 것으로 작은 위안을 삼는다.

이쯤 되면 나시족의 창세기가 궁금해진다. 사물의 형상을 있는
그대로 충실하게 그려내고 있는 독특한 문자인 동파문자를 가지
고 있는 나시족은 총판투(崇盤圖)라는 그들만의 창세기를 기록하
고 있다.

나시족의 조상 총런리언(崇仁利恩)은 하얀 알(白卵)에서 태어났
다. 천계에서 태어난 인간 총런리언이 여러 시련을 견뎌내면서 이
땅의 창조주가 되는 이야기는 세계 여러 나라의 창조신화와 많이
닮아 있어 흥미롭다.

총런리언에게는 다섯 형제와 여섯 자매가 있었다고 한다. 이들
의 난혼난교에 노한 천신은 대홍수를 일으켜 이들을 몰살시켰다.
그러나 자애로운 신 미리동아푸(董神)가 멧돼지를 보내 미리 소식
을 알려줌으로써 총런리언은 화를 면했다.

인간세상의 재건을 돕기로 결심한 미리동아푸는 나무(木)로 인

간과 말을 아홉 개씩 만들어 땅에 묻어두고 "아흐레가 지난 뒤에 가서 보아야 한다."는 메시지를 전했다. 그러나 호기심을 참지 못한 총런리언은 때가 되지 않았음에도 불구하고 '판도라의 상자'를 열어버렸다. 어리석은 그의 행동으로 땅속의 나무 인간(木人)은 온전한 인간이 되지 못했다. 화가 난 미리동아푸는 나무 인간을 부숴 산과 숲, 냇물에 버리는데 이것들이 메아리와 산귀신·물귀신이 되어 인간세상을 어지럽히는 악의 존재가 되었다고 한다.

자애로운 미리동아푸는 부족한 총런리언에게 짝을 찾아주기로 결심하고 말했다. "천성고암天星高岩에 가면 천녀 둘이 있을 것이다. 세로 눈(縱眼)을 가진 여인은 예쁘기는 하지만 마음씨가 곱지 못하니 아내로 삼아서는 안 된다. 반드시 못생겼지만 마음씨가 고운 가로 눈(橫眼)을 가진 여인을 택해야 할 것이다!"

그러나 총런리언은 남자다. 신의 충고를 거스르고 세로 눈을 가진 여인에게 흠뻑 빠져 그녀를 선택했고, 이 둘 사이에선 인간이 아닌 뱀과 호랑이 등의 동물이 탄생하게 되었다. 인간의 탄생은 남자 총런리언의 헛된 욕망으로 인해 요원해지고 있었다.

미리동아푸는 기대에 미치지 못하는 인간 총런리언을 측은지심으로 다시 한 번 거두기로 했다. "내일 수명을 나누어 줄 것이니 깊이 잠들지 말거라. 가시나무가지를 덮고 돌을 베개로 삼고 자야 일찍 일어날 것이다."

가로 눈의 선녀와 세로 눈의 악녀

하지만 푹신한 이부자리에서 푹 자느라 신의 부름을 듣지 못했던 그는 가장 늦게 도착하여 1억 년의 수명을 받은 돌(石)과 각각 1천 년의 수명을 받은 물(水)과 나무(木)에 비해 턱도 없이 짧은 1백2십 년의 수명을 받게 되었다. 크게 아쉬운 대목이다. 여자가 남자를 크게 미더워하지 않는다는 사실은 따지고 보면 역사성에서 비롯된 집단무의식의 영향 때문은 아닐까?

인간에게 한없이 자애로운 미리동아푸에게는 남편 못지않은 착한 부인 미리써아푸(塞神)가 있었다. 이들의 도움으로 호기심이 많고 말을 안 듣는 총런리언이 천녀 천홍바오바이와 혼인을 하게 되었다. 이들의 결합에는 쉽지 않은 난관이 있었는데 장인丈人의 시험과 약혼자 미루커시커뤄의 방해가 그것이었다.

딸을 인간과 혼인시키기 싫었던 천신 쩌라오아푸(遮勞阿普)는 "밤새 아흔아홉 군데 숲의 나무를 다 베어오고 아흔아홉 군데의 땅에 씨앗을 다 뿌리고 나서 호랑이 젖 세 방울을 구해오면 딸을 주겠다."고 했다. 답답하고 막연하기만 했던 총런리언을 그냥 보고만 있지 않았던 천녀 천홍바오바이는 사랑하는 이를 몰래 도와 그를 시험에 통과시킨 후 아버지의 허락을 받아 혼인에 성공하게 되었다. 나시족의 우먼파워는 천녀 천홍바오바이에서 비롯되었나 보다.

천신 쩌라오아푸는 남편을 따라 인간세상으로 가는 딸에게 말·소·호랑이 가죽 옷, 갑옷, 보검, 금바지, 은치마, 남녀 각각 3명씩의 하인, 경을 잘 읽는 동파, 가축, 오곡의 씨앗 등 많은 선물을 주고 아이를 낳게 해 주는 생육신의 문도 열어 주었다.

과유불급! 욕심이 지나쳤다. 이들 둘은 끝내 내주지 않았던 고양이와 순무를 몰래 훔쳐 인간세상으로 내려왔으니 이 사실을 알게된 천신 쩌라오아푸는 대노하여 고양이가 밤이면 울어서 인간이 편안한 잠을 이루지 못하게 했고, 순무는 삶으면 물이 되게 했으며, 무엇보다 아이를 낳지 못하게 했다.

그러나 그렇다고 물러설 인간이 아니지 않은가! 하얀 박쥐와 회색 개를 몰래 하늘로 보내 아이를 낳는 비방을 알아오게 하여 마침내 세 아들을 얻게 되었다고 한다.

총런리언은 수명을 나누어 주는 날 늦잠을 자서 제일 늦게 도착해 인간의 수명이 1백2십 년밖에 되지 않은 것에 죄책감이 있었던지 천계의 장생불사약 리상칸미껀(里爽琪米根)이라는 신비로운 동물의 쓸개 세 개를 가져오다 너무 무거워 하늘에 하나를 놓아두고 땅에 하나를 놓아두고 인간세상으로는 겨우 하나만을 들고 왔다고 한다.

하늘에 두고 온 것은 찬란한 별이 되었고, 땅에 두고 온 것은 무성한 숲이 되었으며, 인간세상으로 들고 온 나머지 하나는 불사약은 아니지만 치료제가 되어 인간의 병고를 덜어줬다고 한다. 영원히 죽지 않는 인간들의 세상은 아니지만 별도 있고 숲도 있는 이 세상이어서 얼마나 다행인지 모르겠다.

총런리언은 또 해 옆을 지날 때엔 따스한 햇살을, 달 옆을 지날 때엔 달의 유즙 세 방울을, 바위굴을 지날 때엔 메아리를, 은하수를 지날 때엔 은하수 거품을, 숲을 지날 때엔 꽃을, 초원을 지날 때엔 풀잎 끝에 매달린 이슬을 가져와 인간세상을 더욱 풍요로워지고 아름다워지게 했다고 한다.

하늘의 별빛과 달빛 그리고 새벽길 내 곁을 스치던 이슬방울의 촉촉함이 있어 내 여행길이 얼마나 행복했는지 그가 알 수 있을까? 실수를 거듭해 인간에게 주어질 많은 혜택을 잃어버리긴 했지만 그를 미워할 수 없는 것은 바로 이 때문이다.

졸지에 약혼녀를 빼앗긴 미루커시커뭐의 마음이 고울 리가 없었을 것은 자명한 일이다. 검은 마음으로 총런리언과 천홍바오바이가 인간세상으로 내려가는 길을 따라가면서 방해했다고 한다. 또 이에 그치지 않고 이들의 후손인 인간에게 병을 가져다주는 등 지금도 여전히 인간을 괴롭히고 있어 사람들은 제천 의식이 있을 때면 그를 제단의 가운데에 앉혀 놓고 재물을 바쳐 노여움을 풀도록 기도한다고 한다. 악의 존재들은 일단 달래고 봐야 한다는 것이 만고불변의 진리인가 보다.

낙극망설정에서 내려다본 신로도와 The BaGe Square

신로도를 지나 저 좁은 'ᄉ'자 문을 통과하여 광장(巴格廣場)을 지나면 동파영동東巴靈洞이라는 고대 나시족의 의례공간을 재현해 놓은 동굴이 보인다. 그 위로 새로 만들어진 전망대 낙극망설정 洛克望雪亭이 있는데 이곳에서 우측으로 난 길을 따라 오르다 보면 지존신을 모신 구역이 보인다. 좌측으로 난 길을 따라 내려오다 보면 고대 나시족의 생활공간을 재현해 놓은 다소 형식적이고 조악한 민속원이 자리하고 있다.

색채가 인상적이기는 하나 다신교의 원시종교와 티베트불교가 자연스럽게 녹아든 모습은 다분히 인위적인 재현으로 마음에 와 닿지 않아 밝은 햇살로 눈이 부신 출구로 서둘러 몸을 돌렸다.

궁금한 것이 많은 나는, 물론 혼자만의 행위이긴 하지만, 보고 만지고 느끼고 사진 찍고 비평까지 하다 보니 항상 굼뜨다. 동굴에서 나와 광명은 찾았으나 일행이 보이지 않았다. 서둘러 민속원의 문을 들어서니 다행히 한 무리의 사람들이 사진을 찍느라 분주하게 오가고 있었다. 한 숨 돌려도 되겠다.

동파영동의 내부

나시족민속원의 산소 같은 존재인 옥수수와 싱싱한 배추

말린 옥수수나 싱싱하게 자란 배추의 정겨운 모습이 없었다면 잠시라도 머무르고 싶지 않았을 것이다. 하지만 생명이 숨 쉬는 곳이라 그런지 발이 쉬 떨어지지 않았다. 덕분에 이곳저곳을 기웃거리다 맷돌이니 풍상(風箱: 풀무. 불을 피울 때에 바람을 일으키는 기구)이니 대장간, 그리고 주술적인 의미를 담고 있는 듯한 나무 울타리를 보면서 낯설지 않은 나시족 여인이 불쑥 닫힌 문을 열고서 나올 것 같아 괜스레 두근거렸다.

민속원을 뒤로하고 길을 따라 내려오다 눈에 띄는 곳이 있어 발걸음을 재촉해서 들어갔다. 애신원愛神園이라는데 사랑(愛)과 관련된 곳인 듯했다. 여행을 떠나오기 전 호기심을 자극했던 동파문자가 유난히 크게 눈에 들어왔다. 오늘 잠깐씩 보기 시작했는데 색채와 의미가 예쁘고 재미있었다. 이곳에서도 안내 표지판과 입구문에서 발견하고 카메라에 담았다.

두 사람이 마주보고 있는 걸 보니 사랑(愛)이란 글자가 맞겠다.

집안으로 들어가니 사랑을 이어준다는 신상이 놓여 있었다. 사랑을 이루지 못한 이들이 얼마나 간절한 마

애신원에서 만난 풍령

음으로 이 앞에 무릎을 꿇었을까? 사랑이 진행 중인 사람들은 변함없는 영원한 사랑을 또 얼마나 기원했을까? 사랑의 신이라면 그 능력은 무한할 터, 적어도 이 땅에서만큼은 아픈 사랑은 없었을 것 같다.

이곳저곳 틈만 있으면 작고 예쁜 종을 매달아 놓았다. '풍령(風鈴)'이라 부른다는데 사랑이 이루어지길 기원하면서 두 사람이 마음을 합쳐 정성껏 매달아 놓으면 바람에 울린 그 소리가 위룽설산에 닿아 사랑이 이루어질 것이라 믿었다고 한다. 처마 밑에 빼곡하게 걸린 기원이 모두 이루어지길 빌면서 발길을 돌렸다.

다음 일정인 옥수채玉水寨로 이동하면서 동파문자를 뒤적였다. 세상에 이렇듯 사랑스러운 문자가 또 있을까? 천년이 넘는 역사를 가지고 있으며 지금도 사용하고 있는 나시족의 동파문자는 한 번 보면 그 매력에 빠져들지 않을 수가 없다. 사물의 형상을 본떠서 만든 상형문자로 같은 상형문자인 한자보다 본래 모습을 충실하게 담고 있어서 미루어 짐작할 필요가 없다고 한다. 직시직해直視直解라고 해야 하나?

사랑

사랑이다. 'p(바늘을 의미)'를 사이에 둔 남녀는 서로 마주보고 있다. 한자 '好(좋을 호)'를 닮았다고 한다. 뾰족한 바늘의 끝은 사랑하는 마음을 자극하기도 하지만 아프게 찔러 고통을 안기기도 한다. 바늘을 사이에 둔 거리는 사랑의 거리라고 한다. 지혜롭다. 적당한 거리를 두고 뾰족한 바늘의 끝이 사랑의 마음에만 닿을 수 있도록 함께 바라보는 것이 사랑을 대하는 가장 현명한 방법이 아닐까?

혼례

혼례다. 머리에 관을 쓴 의례 주재자 동파東巴가 팔을 뻗어 축복을 해주는 그 앞에 엄숙하게 무릎을 꿇고 앉은 남녀의 모습이 인상적이다. 도넛같이 생긴 동그라미는 한자의 '잇는다'는 의미와 상통하고 동파문자로는 '물이 흐르는 골짜기'라고 하는데 동족 간의 혼인이 불가不可했던 나시족이었던 만큼 혼례는 골짜기를 경계로 하는 마을끼리 이루어졌을 것이다. 이런 의미를 담고 만들어졌을 테니 고민한 흔적이 보인다.

교구

교구다. 'sex'를 이렇듯 사실적으로 표현해 놨으니 사람들의 관심이 집중될 만하다. 모두들 한마디씩 거든다. "저 귀한 물건을 누가 긁어 놓은 거야!" 그 누군가가 참 많이 민망했었나 보다.

잉태

잉태다. 아기가 엄마의 뱃속에 편안하게 누워 있다. 몸은 무거워도 마음은 기쁨으로 가득 차 있을 것이다. 그것이 엄마의 마음이니까! 불러진 배만큼 무조건적인 사랑은 한껏 부풀었을 것이다. 여자가 엄마가 된다는 것은 창조다.

출생

출생이다. 아기가 열린 엄마의 뱃속에서 나왔다. 출생을 더 이상 어떻게 표현한단 말인가? 완벽한 언어다!

재미있는 글자들의 향연이다. 한참을 들여다보고 있으면 깨달음이 온다. 산山을 보면 산이구나, 물(水)을 보면 물이구나 하면 끝인데 해석을 더하고 의미를 부여하다 보니 인간사가 복잡다단해진다. 더군다나 그것들이 주관적이라는 데 심각성이 더해진다.

구름의 남쪽 운남 나시족의 땅을 밟고 온 나는 이제부터 이들이 문자 하나하나를 만들 때만큼만 고민하려 한다. "잘 봐! 이건 이거야!" "그렇구나, 이게 그거구나." 나이가 들어 단순해지기만 하는 나에게 맞는 문자를 찾은 것 같아 기분이 참 좋았다. 좀 더 익혀 이해가 가기 전 동파문자로 쓰인 편지 한 통을 완성해 봐야겠다.

살아 있음(活)과 죽음(死), 머리카락에 힘이 있고 없음을 보면 누구라도 알 수 있다. 죽음을 맞은 사람은 사지에는 힘이 없고 머리카락은 축 늘어뜨린 채 누워 있다. 같은 모습이지만 누워 잠자는 (臥睡) 사람이나 꿈을 꾸는(夢) 사람은 팔의 모습과 머리카락만 봐도 분명 살아 있음을 알 수 있다. 와수臥睡와 몽夢은 어떻게 구별할까? 몽夢에는 반달모양이 그려져 있는데, 깊은 밤(夜晚)을 의미한다고 한다. 얼마나 사실적인지 구별하지 못할 이유가 없다.

배부른(飽) 사람은 뱃속에 많은 점들을 찍어 음식물이 가득 차 있음을 나타내고, 반대로 배고픈(飢) 사람은 같은 모습이지만 뱃

| 活 | 死 | 臥睡 | 夢 |
| 살다 | 죽다 | 자다 | 꿈꾸다 |

배부르다　　　　배고프다　　　　춤추다　　　　오르다

공부하다　　　　때리다

이보다 쉬울 수 없는
동파문자

속에 아무것도 없이 텅 비어 있는 것으로 나타낸다. 쉽다. 노래하고 춤추는(歌舞) 남녀나 어딘가에 오른다는 의미의 등登이나 설명이 필요 없는 명쾌함이다.

　연이은 두 글자 역시 부연 설명의 필요성을 느끼지 못한다. 다른 글자들도 썩 잘 만들었지만 개인적으로는 학습의 글자를 단연 으뜸으로 꼽는다. 책을 들고 사람이 서 있는데 부릅뜬 두 눈에서 나오는 빛이 책을 뚫어버릴 것 같다. 유독 이 부분을 따로 배치해서 강조하고 있다. 단언컨대 공부는 이렇게 하는 것이다.

　공부를 안 하고 말을 안 듣는 세상 대부분의 아이들은 회초리로 맞는다. 어른의 입장에서 만든 글자인지라 친다(打)는 의미로 쓰인다. 매력덩어리들이다. 동파문자에 흠뻑 빠져 있다 보니 어느새 옥수채에 다다랐다.

동파교 성지
옥수채!

옥수채(玉水寨, 위수이자이)

동파교東巴敎 성지이면서 여강麗江의 수원이기도 한 옥수채(玉水寨, 위수이자이)는 티베트장족·나시족·바이족 등 소수민족의 성지로 숭배 받고 있다. 푸른 하늘빛이 비춰서인지 물빛이 고왔다. 사진을 찍느라 이리저리 돌아다니다 유난히 사람들로 북적이는 곳이 있어 가보니 상반신은 부처의 모습을 하고 하반신은 코브라(뱀)의 모양을 한 특이한 신상이 서 있었다. 수원을 지켜주는 신으로 '대자연신상'이라 불린다고 한다. 바로 곁에선 솟아나는 물을

동파교 성지이자 여강의 수원 옥수채

소수민족의 조상신을 모신
사당 옥수연과 천향로

마시려고 사람들이 줄을 서 있었다. '만병통치약'이라고 하여 아픈
부위에 바르거나 마시면 병이 씻은 듯이 낫는다고 한다. 나도 덩달
아 줄을 서서 한참을 기다린 후 현재 가장 불편한 눈에다 물을 찍
어 발랐다. 사물을 보는 데 한 치의 불편함도 없는 눈이 될 것이라
는 강한 믿음을 가진 채 말이다.

성역화의 흔적을 곳곳에서 찾아볼 수 있었다. 특히 나시족의 조
상신을 비롯한 소수민족이 숭배하는 여러 신을 한자리에 모셔 제
사를 지내는 사당 옥수연玉水緣을 거대하게 조성해 놓았다. 하지만
눈길을 모으는 거대한 조형물에 사람들의 궁금증은 더했다. '천향
로天香爐', 대형 향로라는데 형상은 남근 모양이었다.

다산이 종족의 번식과 유지의 중요한 장치였던 소수민족에게 남
근숭배신앙은 절실함의 표출이었다. 마치 향락의 성만이 존재하
는 듯 생각하고 행동하는 요즈음 사람들이 이해하기 힘들겠지만
고대인에게 종족의 번식과 유지를 위한 성이란 절체절명의 과업
이었다. 남근을 형상화한 저 향로의 크기만 봐도 충분히 알 수 있
는 사실이다. 조상님과 천지신명님께 향 하나를 사르면서 간절히

동파벽화

기원했던 것은 오직 대대손손 자손번창이 아니었을까? 실제로 저
대형 향로에 향을 사르면 돌 틈 사이로 향 연기가 나온다는데 그
것은 혹 신의 답은 아니었을까? 그 모습을 볼 수는 없었지만 강한
기운은 충분히 느낄 수 있었다.

모퉁이를 따라 내려오다 보면 동파만신원의 신로도에서 본 내용
들이 벽화로 조성된 동파벽화가 회랑을 따라 나열되어 있다. 나시
족의 역사·문화·종교를 아울러 들여다볼 수 있도록 사실적으로
그려 놓아 이해를 도왔다.

잊지 못할
나시족 최초의 집거지
백사마을!

백사白沙마을

말로만 듣던 백사벽화白沙壁畵를 직접 볼 수 있다는 기대는 여행을 떠나오기 전 나를 설레게 하는 것 중 하나였다. "불교·도교·라마교의 서로 다른 종교가 하나의 회화양식에 조화롭게 융합되었다."라는 글을 읽는 순간 '가서 봐야 할 것'이 되어 버렸다.

백사벽화의 현판이 걸려 있는 문을 들어가 보니 위롱설산에 편안하게 안긴 소박한 느낌이 나시족 최초의 집거지集居地다웠다. 규모가 크고 화려한 여강고성 마을과는 사뭇 다른 분위기가 나는 좋았다.

문창궁文昌宮의 현판 아래에 "목씨토사역사문화전木氏土司歷史文化展"이란 현판이 함께 걸려 있었다. 나시족의 역사문화관과 도교

의 신을 모신 사당이 공존하는 것이 퍽이나 인상적이었다.

나시족은 세습족장인 토사土司가 통치하는 정치체제를 갖추고 있었는데, 그 발상지가 이곳 백사

백사벽화를 당당하게
지키고 서 있는 문

마을이라고 한다. 토사제도는 우리나라의 고려조나 조선조에서 중앙의 통치가 미치기 어려운 변방지역을 효율적으로 다스리기 위해 토착지배자들에게 특별한 관직인 토관직土官職을 부여하여 그 지역을 통치하게 했던 제도와 유사한 것으로, 중국 중원의 지배자들이 직접통치가 쉽지 않은 멀리 떨어진 오지의 소수민족을 간접적으로 통치하던 방식으로 보인다.

13세기 원나라 때 세력을 키우기 시작한 나시족은 원나라를 멸망시키고 중원의 새로운 지배자가 된 명나라와 더욱 돈독한 관계를 형성하면서 세력이 커지게 되었다고 한다. 중앙정부에 대해 충심을 다했던 나시족의 세습족장인 토사를 총애하던 명나라의 태조 주원장朱元璋은 나시족에게 성姓이 없다는 사실을 알고 자신의 성을 하사했는데, 토사土司는 '주朱'에서 '인人'을 떼고 '목木'만을 그들의 성으로 사용했다고 한다. '목씨토사木氏土司'의 시작이라 할 수 있겠다.

문창궁文昌宮은 중국의 도교에서 숭상하던 학문의 신 문창제군

문창궁을 지키고 있는 문창제군

文昌帝君을 모신 사당으로 중화권을 여행하다 보면 도교사원에서 반드시 만나게 되는데, 수많은 사람들이 향불을 피우면서 간절한 마음으로 기도하는 모습이 자욱한 연기 속에서 신비롭게 보이기까지 한다.

전설에 의하면 문창제군은 중국 황제의 아들 揮라고 한다. 세상의 지식과 이치에 밝아 인간 세상에 거듭 태어나면서 학문에 뜻을 가진 사람들을 도왔다고 하는데, 학문의 신으로 알려졌지만 학문과는 거리가 먼 삶을 살았던 대부분의 일반 백성들에게는 복과 수명을 주는 신 정도로 대접을 받았을 뿐 큰 인기는 없었다고 한다.

하지만 새로운 인재등용의 방법으로 입신출세의 발판이 되었던 과거제도가 일반화되었던 명대에 와서는 학문의 신을 넘어 수험受驗의 신으로 추앙 받으면서 대부분의 교육기관에서 문창제군을 모시는 사당을 건립할 정도로 큰 인기를 끌었다고 한다.

문창궁이 나시족 마을의 중심에 건립된 것을 보니 한문화를 숭상하여 적극적으로 받아들이고 중원의 문인이나 묵객들과의 교류도 게을리 하지 않으면서 학문 발전을 위해 헌신했던 목씨토사의

노고가 느껴져 숙연해졌다.

현판을 유심히 살펴보고 문을 들어서자 오른쪽으로 문창궁이 자리하고 있었다. 열린 문으로 들어서니 내가 공부하면서 한 번쯤 '굽어 살펴주시길' 원했던 문창제군이 자애로운 모습으로 앉아 있었다. 우연히 접했던 초상화의 모습대로 조성되어 있어 더욱 친근하게 다가왔다. 관복을 입고 손에는 홀을 쥐고 앉아 2명의 보좌관을 거느리고 있었다. 보통 시험의 신 괴성魁星과 주의朱衣를 거느리고 있다는데, 정확히는 모르겠다. 주위를 둘러보아도 답해 줄 사람이 없는 듯해서 포기하고 마음을 다해 두 손을 모아 인사하고 나왔다.

한낮의 햇살이 마당 깊숙이 들어와 있어 눈이 부셨다. 고즈넉한 한때를 보내기 딱 좋은 곳이기는 하나 벽화가 기다리고 있으므로 몸을 추슬러 문을 나섰다. '백사벽화'가 걸려 있다는 대보적궁・유리전琉璃展으로 가는 길에 햇살을 즐기고 있는 벚꽃들을 놓치고 싶지 않아 카메라에 담았다. '지금에' 머무르고 싶은 여행의 순간이었다.

'백사벽화'는 프레스코화의 일종이다. 소석회消石灰에 모래를 섞어 물로 갠 모르타르를 벽면에 바른 후 마르기 전에 물에 푼 물감으로 그림을 그리는 프레스코 기법은 대표적인 벽화화법이다. 특히 탄산칼슘으로 화학작용을 일으킨 회반죽을 벽면에 여러 번 덧칠한 후 마르기 전에 그림을 그리는 이 작업은 그림이 마른 후 생기는 엷은 막으로 인해 마모에 강한 특징을 보인다. 이것이 또한 비교적 큰 훼손 없이 오랫동안 보존할 수 있는 장점이기도 하다.

발길을 멈추게 하는 풍경

여강벽화라고도 불리는 이곳의 벽화는 일반 모래가 아닌 흰 모래 (白沙)를 사용해서인지 몇 번의 지진에도 갈라지지 않고 지금까지 잘 보존되고 있다고 한다.

중국의 명·청시대(1385~1619), 이 지역에 살던 동파교 화가들과 중앙 평야지대에서 건너온 도교 예술가들, 그리고 티베트지역의 라마교 화가들은 부처의 가르침이 동방으로 전해지면서 접하게 되었을 이 화법을 이용하여 텅 빈 공간에 각각의 종교적 특색을 충돌 없이 녹여낸 걸작을 만들었다. 신심이라는 공통분모가 없었다면 이루기 힘들었을 기적이다.

적과 흑의 묘한 대비와 암록과 금은의 어울림으로 사물의 드러남이 정확하고 생동감이 있었다. 잘은 모르겠지만 이러한 표현은 물의 양에 따라 각기 다른 농담의 조절이 가능한 프레스코화의 독특한 색채적 효과 때문일 것 같다. 묘한 울림으로 와 닿았다.

대보적궁에는 '평화로운 공존'의 아름다움을 보여 주는 작품들이 있다. 서쪽 벽의 무량수여래회無量壽如來會, 남쪽 벽의 나무공작

대보적궁

평화로운 공존의 아름다움을 보여 주는 무량수여래회

명왕대불모해회南無孔雀明王大佛母海會, 북쪽 벽의 관세음보살보문
품변상觀世音菩薩普門品變相 등으로 명나라 만력(萬曆: 신종의 연호)
11년(1583) 작이다.

　하지만 진품을 보호하는 차원에서인지 브로마이드를 패널에 붙
여 만든 액자들을 걸어 놓은 공간이 따로 마련되어 있었다. 진품이
뿜어내는 아우라는 느낄 수 없었지만 맘 편하게 접근해서 자세하
게 볼 수 있고 사진도 찍을 수 있으니 이 또한 나쁘지만은 않았다.

　무량수여래회 또는 여래회불도라고도 하는 서쪽 벽에 걸려 있는
그림은 우리나라 절집의 대웅전 후불탱화로 걸리는 영산회상도라
고 생각하면 이해하기 쉽다. 영산회상도는 석가여래가 영취산에
서 보살과 제자들을 비롯한 대중을 모아놓고 『법화경』을 설하는
장면을 묘사한 그림이다.

　무량수여래회에는 항마촉지인과 선정인의 수인을 한 석가여래
가 앉아 있는 금빛 연화대를 중심으로 상하 좌우로 면을 분할하여

나무공작명왕대불모해회

과거불, 천왕, 보살, 제자들을 배치하고 있다.

　라마교의 고승을 닮은 과거불과 우락부락한 것이 흡사 촉한蜀漢
의 장수 장비를 보는 듯한 천왕의 무리, 그리고 중국 미인의 얼굴
을 하고 있는 보살들의 모습을 보고 있자니 혼연일체가 된 붓놀림
이 신기 그 자체라는 생각이 들었다. 보는 내내 오케스트라의 완성
된 연주가 들려오는 듯해 기분이 썩 괜찮았다. 오감만족이란 이런
것을 두고 하는 말이 아닐까?

　자연스럽게 남쪽 벽에 걸려 있다는 나무공작명왕대불모해회로
눈을 돌렸다. '대불모공작명왕에게 귀의하는 모임' 정도로 풀이될
수 있을까? '명왕'은 무서운 얼굴을 하고 모든 악마를 굴복시켜 불
법을 지키는 신장이다.

　붉은 원 안에 있는 '공작명왕'은 독사나 해충을 잡아먹는 공작을
신격화한 것으로 모든 중생의 정신적인 해독, 곧 번뇌를 제거하여
안락을 주는 신으로 존숭되고 있다. 특히 라마 밀교에서는 오랜 가
뭄 끝에 간절히 비를 원할 때나 재앙을 물리치고 안녕을 얻고 싶

을 때는 재앙을 물리치고 비를 불러 인간에게 이득을 준다는 '불모 공작명왕대다라니'를 외우며 기도한다고 한다.

'명왕' 중 유일하게 '분노의 상'을 가지고 있지 않다는 '공작명왕'이 온화한 표정으로 금빛 공작을 타고 앉아 있는 모습은 '관세음보살'을 닮았다. 2·6·8개의 손(手)에 귀한 과일이나 공작 깃털 등의 지물을 가지는 것이 일반적이라 하는데 '나무공작명왕대불모해회'에는 법륜이 보이기도 한다.

인간세상 구석구석에서 아파하고 있는 중생을 신속하게 구제하기 위해 많은 손은 필수다. 이러한 믿음이 있기에 중생은 신에 귀의한다. 우리나라에서 좀처럼 볼 수 없는 존상이어서 낯설었지만 곧 익숙해질 것 같은 친근함이 묻어났다.

그림을 찬찬히 들여다보다 각각의 종교적 특색을 조화롭게 배치하여 하나도 거슬리지 않게 만드는 그들의 솜씨에 또 한 번 감탄했다. 도교의 우주관(동양의 우주관이기도 하지만)을 대변하는 것인지 모르겠지만 상단 좌우에 각각 2개씩 4개의 구름을 나누어 두고 그 속에 7성씩 총 28성수를 신격화하여 그려 넣었다.

"상통천문하달지리중통인의上通天文下達地理中通仁義, 천문에 통해야 아래로 지리를 알 수 있고 그래야만 비로소 사람의 인의를 통하게 된다."

천문(日月星辰)을 아는 것이 인간세상을 아는 것이라 생각할 만큼 천문의 이해는 고대인에게 절실한 문제였다. 그래서 그들은 드넓은 집 우주宇宙 공간을 연구하기 위해 구역별 분류작업을 시작했다. 3원28성수三垣二十八星宿, 북쪽 하늘을 중심에 두고 눈에 보이지 않지만 있을 것 같은 우주의 벽을 3개의 경계로 나누어 큰 별을 중심으로 모여 있는 별들의 구역에 태미원·자미원·천시원이라 이름 붙였는데 이것이 3원三垣이다.

그리고 나머지 구역의 수많은 별들은 달의 공전주기에 있는 별자리의 위치를 표시하여 28성수로 분류하고 또 이를 동서남북 방위에 따라 7개씩 무리를 지어 나누어 각각을 주관하는 신을 두고 신비스러운 동물의 이름까지 붙여 신격화했다. 우리나라의 고구려 고분벽화에 자주 등장하는 동청룡, 북현무, 서백호, 남주작의 사신이다. 이것이 민간신앙으로 들어오게 되면 칠성신앙이 되는 것이다.

온몸에 제대로 된 무기 하나 장착하지 못한 나약한 인간에게 자연현상은 '귀의'해야 할 신적인 대상이었다. 사물의 신격화는 생존을 위한 인간의 간절함의 표식이었던 것이다. 더 재미있는 것은 이 그림에 뇌공(雷公: 천둥의 신)과 전모(電母: 번개의 신)도 그려 넣었는데 뇌공은 폭탄같이 생긴 지물을, 전모는 가야금 같은 악기를 지물로 들고 있다. 남미南美를 여행할 때 밤 버스를 타고 이동하다 보면 들판 한가운데로 번개가 내려치는 모습을 선명하게 볼 수 있는데, 생각해 보니 마치 가야금의 현을 퉁기면 나오는 소리의 울림을 눈으로 보는 것 같기도 했다. 설명하기 힘들지만 그림의 전모가 악기를 들고 있는 것을 보고 '과연!' 손바닥이 절로 서로를 끌어당겨 박수를 치게 만들었다.

이 밖에도 불법의 호법신중, 용왕, 승중, 보살 등이 적재적소에

관세음보살보문품변상

서 빛을 내고 있었다. 적흑의 대비가 자칫 전체적인 분위기를 무겁게 가라앉힐 수도 있었는데 캐릭터의 특징을 잘 살리다 보니 분위기가 상쇄되어 오히려 가벼운 연극 한 편을 본 것 같아 기분이 더할 나위 없이 좋았다.

더 이상 지체할 수 없었지만 '관세음보살보문품변상觀世音菩薩普門品變相'은 꼭 봐야 했다. '환상의 팀워크'를 자랑하는 이들이 도대체 어떻게 그려냈을지 궁금해서 참을 수가 없었다.

'변상'은 경전의 내용이나 부처의 생애 등을 형상화한 그림을 말하는데, '관세음보살보문품변상'이라 이름 붙였다면 자비의 화신인 관세음보살의 중생을 사랑하는 대단한 능력을 정리해 놓은 경전 『관세음보살보문품』의 내용을 붓끝에 생명을 불어 넣어 생생한 모습으로 펼쳐놓았을 것이다.

'관세음보살(세상사의 소용돌이 속에서 허우적거리고 있는 중생의 아우성을 늘 관찰하는 보살)'은 중생을 사랑하고 아끼는 간절한 마음만큼이나 그 능력 또한 대단하여 중생의 위급한 정도에 따라 각각 33가지의 다양한 모습으로 나투시어 구제하신다. 이를 33응신이라고 한다. 『묘법연화경』 관세음보살보문품에 그 구체적인 내용들이 잘 정리되어 있다.

[화난火難] 불구덩이에 빠진 중생이 간절한 마음으로 관세음보살을 염(念: 생각)하면 보타락가산에 머무르시던 보살께서 나투시어 불구덩이를 연못으로 변하게 하여 구제하신다.

[수난水難] 풍랑을 만나 배가 뒤집히더라도 간절한 마음으로 관세음보살을 염念하면 나투시어 풍랑을 가라앉히고 배를 낮은 곳으로 닿게 하여 구제하신다.

[고난苦難] 보배를 구하러 큰 바다에 들어갔을 때 태풍이 불어와 나찰귀羅刹鬼의 나라에 가 닿더라도 관세음보살을 염하면 나찰의 고난에서 벗어나게 된다.

참수형에 처하더라도 관세음보살을 염하면 처형하려는 자가 잡은 무기가 갑자기 토막토막 부서져 고비에서 벗어날 수 있다.

호랑이와 같은 사나운 짐승에 둘러싸여 날카로운 이빨이나 발톱이 두렵더라도 관세음보살을 염하면 그 힘에 의해 그들이 오히려 도망친다.

경전에는 무량 백 천만 억 중생이 있어 온갖 고뇌를 받는다 해도 관세음보살이 있음을 듣고 한마음으로 그 이름을 부른다면 관세음보살이 곧 그 음성을 알아들어 모두 고뇌에서 풀려나게 하는 구체적인 사례를 들어 중생의 신심을 자극한다.

관음신앙은 자비의 화신인 관세음보살을 일심으로 염불함으로써 구원을 얻고자 하는 타력적인 불교신앙의 한 형태로 인도에서 시작되어 3세기경 중국에 전래된 이래 6세기경이 되면 모든 불교 사원에서 관음상을 모실 정도로 확산된다. 또한 우리나라 및 일본은 물론 라마를 관세음보살의 화신으로 믿는 티베트 등지에서도 가장 대중적인 사랑을 받는 신앙으로 지금까지 이어져 오고 있다.

그림은 흑색 바탕에 적색·금색·은색으로 인물과 사물을 조화롭게 그려내고 있었다. 상단 좌우에 다양한 모습을 하고 계신 열분의 '관자재보살(觀自在菩薩: 자유자재로 모습을 바꾸어 나투신다 하여 붙여진 별명)'을 배치하고 중앙에는 8수手에 다양한 지물을 가지고 금빛 연화대에 앉아 계신 '관세음보살'을 두고 좌우에 경전 속에 서술된 화난·수난·고난의 생생한 모습을 적절하게 배치하고 있었다.

언뜻 보기에 어둡고 무거워 보인다는 느낌이 있어 다양한 각도에서 그림을 관찰하다 보니 '인간사의 두렵기만 한 고난도 무겁기만 한 고뇌도 관세음하시는 보살님만 계신다면 얼마든지 극복할수 있겠다.'는 신심을 자극하는 묘한 분위기가 연출되는 느낌이었다. 이심전심한 걸까?

중국 문화대혁명(1966~1976) 당시 전국적으로 각양각색의 홍위병들이 조직, 동원되어 구시대적 사상·문화·풍속·관습에 대한 무차별적인 파괴 행위가 자행되었을 때 백사벽화도 예외는 아니었다고 한다. 하지만 목씨토사가 기지를 발휘하여 벽화 위에 모택동(毛澤東, 마오쩌둥)의 초상화를 덧씌워 화를 피했다고 한다. 만분다행萬分多幸이다.

한 달쯤 살고 싶은
백사마을!

서둘러 문을 빠져나와 마을 구경에 나섰다. 평일 한낮의 거리는 한가하고 조용했다. 설산이 이고 있는 푸른 하늘은 구름이 끊임없이 휘감아 올리는 솜사탕처럼 온 하늘을 뒤덮을 듯하여 심장이 두근거리는 것이 여행을 하면서 運 좋게 만나는 설레는 순간이었다.

왠지 초라하다 싶은 사방가에 널려 있는 물건들도 일행을 유혹하지 못했다. 목씨토사木氏土司 종가의 문을 등지고 난전을 펼치고 있는 나시족 여인들의 모습이 고단하기만 한 것은 아닌 듯해서 보기에 좋았다.

평생 3가지 일-공부하는 일, 아이를 만드는 일, 앉아서 햇볕 쬐는

한 달 정도 머무르며 살고 싶은 백사 마을

일-만 한다는 남정네와 아이들을 돌봐야 하는 가장인 여인들은 일을 너무 많이 해서 아기를 낳기가 쉽지 않았다고 한다. 자손의 번창이 절체절명의 과제였던 소수민족 출신의 여인들에게 다산은 절실한 기도가 아니었을까?

마을의 이곳저곳을 구경하면서 유독 눈에 띄었던 것이 할머니들의 옷차림새였다. 아기를 업은 것도 아닌데 포대 같은 것을 메고 다니는 것이 예사롭지 않아 물어보니 개구리모양의 장식물을 몸에 걸치는 것이 전통복장이라고 한다. 그 배경에는 알을 많이 낳는 개구리처럼 다산을 원하는 여인들의 마음이 있었다. 부적처럼 한시도 몸에서 뗄 수 없을 정도로 그 소원이 간절했던 모양이다.

등 뒤의 7개의 둥근 원은 칠성을 나타낸다고 했다. 칠성은 생명의 탄생과 수명을 관장하는 별인데 신격화하여 우리나라 민간에서도 널리 신앙화되었다. 여인들의 소원이 얼마나 절절했으면 업이 되고 신앙이 되었을까? 눈물겨운 여자의 일생이다.

나시족의 개구리사랑은 오행사상의 유입에서도 재미있게 드러난다. 아주 먼 옛날 인류족과 자연족이라는 두 종족이 살았다고 한다.

그러던 어느 날 이들 종족 간에 전쟁이 일어 나게 되었는데 그 와중에 그만 인류족의 여자들이 모두 죽어 버렸다고 한다. 이에 놀란 인류족의 남자들은 자신들이 굳게 믿고 따르던 개구리신에게 달려가 하늘로 올라가 천녀들을 데려와 달라고 부탁했다고 한다.

그러자 개구리신은 여자들이 모두 없어진 인류족의 남자들을 불쌍히 여겨 하늘로 올라가는데 뒤늦게 이 사실을 알게 된 자연족의 남자들이 하늘로 올라가는 개구리신에게 활을 쏘아 죽였다고 한다.

개구리신은 몸에 화살을 맞고 땅(土)에 떨어졌는데 머리는 남쪽으로, 엉덩이는 북쪽으로, 쇠(金)로 만든 화살촉은 몸을 관통하여 서쪽으로, 나무(木)로 장식된 화살 끝은 동쪽으로 향했다고 한다. 그리고 입으로 불(火)을 뿜으면서 항문으로 오줌(水)을 쌌다고 하니 개구리신은 죽는 순간에도 자신을 믿고 따르던 인류족에게 우주만물의 변화양상에 대한 대원리 오행을 알려줬다는 이야기가 된다.

참으로 해학적이고도 지혜롭다. 대륙으로부터 들어온 음양오행 사상이라는 것을 처음으로 접하면서 얼마나 낯설고 어려웠을까? 우주만물을 구성하는 5가지 요소 목·화·토·금·수를 오행이라 이름 붙이고 이것들이 상생하고 상극하여 만물의 제諸 현상을 생성시킨다고 정의한 이론으로 요지는 간단하나 그 풀이가 만만찮게 복잡하다.

사물의 이치를 이해하는 가장 쉬운 방법은 내가 가장 잘 알고 있는 사실에 대입하는 것이다. 나시족에게는 가장 친근한 개구리신이 있었고 마치 개구리를 해부하듯이 절개하여 쉽고도 재미있게 풀이하고 있다. 이들 민족이 독특한 문자와 종교를 가지고 이 지역 소수민족 문화를 대표하는 것도 다 이런 지혜로움에서 나온 것이라 생각된다.

　볕은 좋은데 약간은 쌀쌀한 기운이 몸을 움츠리게 하여 뜨거운 커피 한잔을 마시고 싶은 마음이 굴뚝같았다. 한적한 길을 기웃기리다 염색 천들이 나부끼는 곳을 지나치지 못하고 마당 깊숙이 들어섰다. 전통방식으로 천연염색을 해서 판매하는 집인데 솜씨가 내 맘에 꼭 들었다. 한 점 구입하고 싶은데 '한정판 내지 비매품'이라는 말에 약해진 나는 나름 거금을 들여 「백사벽화 도록」을 구입

눈이 시리도록 푸른 하늘과 꼭 닮은 염색 천

아기자기한 카페가 있어 더 정겨운 백사 마을

한 탓으로 여유가 없었다. 그래서 눈에 충분히
담아 가려고 한참을 서성이다 발길을 돌렸다.

　신기하다. 허물어져가는 흙벽이 겨우 지탱하고
있는 집들이 점점이 박혀 있고 해마다 손보지 않으면 온기마저 사
라질 것 같은 집들이 널려 있는 이곳에 카페들이 짧은 줄을 이루
고 있었다. 몇 년 후면 흡사 서울의 삼청동 거리가 될 것 같은 느낌
이 들기도 했다. 뜨겁고 진한 커피 한잔은 마실 수 있겠다는 생각
에 마음이 급해지기 시작했다.

　그런데 이 집 커피 말고도 나를 유혹하는 것들이 너무 많이 널
려 있었다. 넋을 잃고 카메라 셔터를 눌러대는 내 모습이 쇼윈도
에 스쳤다. 가장 먼저 눈에 띈 견공犬公, 사물의 움직임에 별 감흥
이 없는 걸 보니 세월의 때가 묻어났다. 오히려 수다쟁이 동키를

Things to tempt me

카페의 든든한 파수꾼들

닭은 나무 말(木馬)과 다리가 긴 나무 코끼리 그리고 나무 갈매기
의 선한 눈이 사람의 마음을 더 움직였다.

　카페만 있는 것이 아니라 아기자기한 소품이나 액세서리, 빈티
지한 옷, 그리고 스포츠용품 등을 팔고 있는 매장이 함께 운영되고
있었다.

　진열장 맨 위에는 호밀밭에서 노는 아이들이 절벽 아래로 떨어
지지 않게 지켜주는 파수꾼이라도 된 양 커피 만드는 쥔장을 대신
해 매장의 물건들을 지키느라 미동도 없이 감시의 눈길을 보내고
있는 녀석들이 자리 잡고 있었다. 그런데 한 놈은 아예 고개까지
돌리고선 대놓고 농땡이다. 이곳저곳을 휘젓고 다니면서 사진을
찍다가 문득 눈이 마주쳐 "니하오(你好)." 하고 인사를 건넸다.

　이제 건너와서 커피나 마시라는 손짓에 몸을 움직이다 난로 뒤
로 걸려 있는 달력의 그림을 본 순간 내 몸은 잠깐 동안 움직일 수

자석처럼 나를 끌어
당긴 달력 그림

없었다. 구석으로 들어가 한 손으로 달력의 그림 끝을 잡고 한 손
으로 카메라 셔터를 정신없이 눌러댔다.

그림은 투명 수채화가 주는 정갈한 아름다움의 극치를 보여 주
고 있었다. 안근청정眼根淸淨을 경험하게 해주는 귀한 그림을 마주
하면서 연꽃을 든 석가의 물음에 미소로써 화답하는 마하가섭처
럼 나도 화가의 마음을 마음으로 전해 받았다.

섬세하고 우아한 몸짓으로 드립하는 쥔장의 모습에 눈을 뗄 수
없었는데 주문이라도 걸었는지 내린 커피 맛이 일품이었다. 아쉬
운 맘을 내려놓고 기분 좋게 문을 나섰다.

사방가 한쪽에서는 한창 공사가 진행 중인 신축 건물들이 거리
에 활기를 보태고 그 속에 노랗게 핀 꽃이 마을의 재기를 꿈꾸는
이들에게 희망의 메시지를 전하고 있었다. 덩달아 나도 정말로 기
분이 좋으면 하는 장난인 그림자놀이에 한창 빠져 있는데 카페에

다시 올 때까지 그 자리를 지키고 있을 백사 마을 지킴이들과 그림자 속의 나

서 서빙해 주던 선한 얼굴의 아가씨가 나에게 손짓하며 불렀다. '무슨 일이지?' '뭔가 잘못되었나?' 말 대신 환한 미소를 지으며 달력을 내밀었다. 영문도 모른 채 나는 "*For me?*"라고 했다. 그러자 아가씨가 고개를 끄덕였다. 난 땅에 엎드려 절이라도 하고픈 심정으로 "*Thank you! Thank you so much! Thank you!*" 하고 외쳤다.

구석에서 애쓰며 사진을 찍고 있던 모습이 안쓰러웠을 것이다. 환한 얼굴로 다가와 건네고 달려가는 모습이 나를 다시 이곳으로 부르고 있었다. 여행을 다니다 보면 한 번 더 찾고 싶은 곳이 있는가 하면 한 달 정도 유유자적하게 살고 싶은 곳도 있다. 풍광이 좋아서이기도 하고 그 속에서 생활하는 사람들이 좋아서이기도 하다. 하얀 모래(白沙) 마을은 그 공간과 그 속의 사람들이 좋아 꼭 다시 와야 할 곳이 되었다. 그때까지 기다려주기를 소원하면서 일정의 마무리를 위해 숙소로 향했다.

"*Long time no see!*" 할 때까지 이 마을 이 거리를 지키며 있어 줘요!

구름의 남쪽으로…

나의 초대에 기꺼이 카메라 앵글 속으로 들어와 준 이 그리운 얼굴들이 일상에 묻히기 전에 컴퓨터 앞에 앉아 여행의 순간순간을 기록하기 시작했다. 하지만 삶은 내 뜻대로만 움직여주지 않는 법이라 작업은 일상에 양보되고 또 묻혀버리는 일이 반복되다 보니 이제야 그 끝이 보이고 있다.

작업이 길어진 만큼 매일 조금씩이라도 이들과 함께 여행의 순간들을 기억하고 정리했던 터라 애착이 많이 가는 나의 또 하나의 책이 될 것 같다. 매일 이들이 자신의 자리에서 가장 행복하고 빛나게 해 달라고 기도하면서 작업을 시작하고 또 끝냈다. 이들은 나라는 존재를 까맣게 잊고 있겠지만 나는 이들과 함께 했던 순간을 하나도 놓칠 수 없었다.

다만 한 사람 한 사람의 생각을 묻지도 않은 채 사진을 싣는 것이 잘하는 일인지 확신이 서지 않아 고민이 컸고 혹 폐가 되지 않을까 그 걱정뿐이었다. 하지만 넓은 마음으로 헤아려 주리라는 작은 믿음으로 일을 저질러 버렸다. 반드시 다시 찾게 될 그곳에서

스치는 인연으로라도 만남이 이루어진다면 꼭 상황을 설명하고
용서를 구할 것이다. 그때까지 모두 안녕!

김영숙

부산에서 태어났다. 고등학교 때부터 가졌던 역사에 대한 관심이
전공이 되어 대학과 대학원에서 한국사를 공부하였다. '조선 후기
향촌사회'에 대한 공부가 깊어질 즈음에 시작된 불교와 불교문화
재에 대한 관심과 공부가 업業이 되어 대학의 관련학과에서 한국
사와 불교문화재를 강의하다가 지금은 여행으로 또 다른 삶을 꾸
리고 있다. 펴낸 책으로는 절집의 요모조모를 알기 쉽게 설명해주
는 『절집 길라잡이』와 설화와 함께 읽는 사찰기행담인 『우리 절
집의 옛이야기와 한담』이 있다.

운남감상

초판 1쇄 인쇄 2016년 11월 24일 | **초판 1쇄 발행** 2016년 11월 30일
지은이 김영숙 | **펴낸이** 김시열
펴낸곳 도서출판 자유문고

 (02832) 서울시 성북구 동소문로 67-1 성심빌딩 3층

 전화 (02) 2637-8988 | 팩스 (02) 2676-9759

ISBN 978-89-7030-104-4 03810 값 10,000원

http://cafe.daum.net/jayumungo (도서출판 자유문고)